全民微阅读系列

会写字的蛇

马新亭　著

江西高校出版社

图书在版编目(CIP)数据

会写字的蛇/马新亭著. —南昌:江西高校出版社,
2017.9(2020.2重印)

(全民微阅读系列)

ISBN 978 - 7 - 5493 - 6055 - 0

Ⅰ.①会…　Ⅱ.①马…　Ⅲ.①小小说—小说
集—中国—当代　Ⅳ.①I247.82

中国版本图书馆 CIP 数据核字(2017)第 225972 号

出 版 发 行	江西高校出版社	
社　　　址	江西省南昌市洪都北大道96号	
总编室电话	(0791)88504319	
销 售 电 话	(0791)88592590	
网　　　址	www.juacp.com	
印　　　刷	永清县晔盛亚胶印有限公司	
经　　　销	全国新华书店	
开　　　本	700mm×1000mm　1/16	
印　　　张	14	
字　　　数	180 千字	
版　　　次	2017 年 10 月第 1 版	
	2020 年 2 月第 2 次印刷	
书　　　号	ISBN 978 - 7 - 5493 - 6055 - 0	
定　　　价	36.00 元	

赣版权登字 - 07 - 2017 - 1183

图书若有印装问题,请随时向本社印制部(0791 - 88513257)退换

目录 / CONTENTS

外星人之谜

绿星千百年来一直致力于在茫茫太空中探索有生物的星球。当他们的 UFO 在距离绿星 2 万光年的一颗星球上，发现生物时，整个绿星都沸腾了。

绿星上的人翘首企盼，要是从那颗星球带回一个外星人，看看究竟长得什么样子该有多好啊！

经过全民公决，立法院批准，通过一项决议，让 UFO 去那个星球，执行这项光荣而艰巨的任务，满足绿星上人们的愿望。并一再强调，一定确保外星人的安全，无论外星人怎么反抗，都不允许有丝毫的伤害。UFO 刚走，绿星立刻宣布全球进入战争状态，严阵以待。以防他们的 UFO 偷鸡不成反蚀一把米，弄不来外星人，反而引来外星人的攻击与侵袭。

UFO 从那个星球往回返时，便把消息传回绿星。说带回来的外星人极有代表性，是在一个人群最密集的地方，趁夜深人静，轻轻潜入窗内，悄悄抱起鼾声如雷的外星人。当说到 UFO 已飞出好远，男孩还丝毫未知，仍在呼呼大睡时，绿星上的人都哈哈大笑起来。

绿星上所有的电视台都准备现场直播 UFO 着陆、外星人出舱以及外星人的生活情景。

外星人，这个神秘而又陌生的事物，成为一个最热门的话题，一个出现频率最高的字眼。

人们盼望 UFO 早一点飞回来,看看外星人到底长得什么样子,有的人甚至茶不思饭不想。

几月后,在人们的翘首企盼中,UFO 终于进入大气层。

从这一刻起,电视开始直播。

所有围在电视机前的人,瞪大眼睛,屏气凝神,盯着大屏幕。当外星人出现在屏幕上的瞬间,人们惊呆了。绿星上的人都是肚子长在后面,头长在前面,而外星人却是头长在上面,肚子长在前面,这不是怪物吗?

UFO 终于着陆,舱门缓缓开启,外星人千呼万唤始出来,不过出来的样子确实出人意料、滑稽可笑,如果是绿星人会一下子弹跳出来,而外星人竟然两条腿,一前一后挪出来。那慢腾腾的样子像个老乌龟。

更有趣的事还在后面。

也许外星人在路上太累了,第二天很早就有人等着外星人起床。

外星人七点没起床,八点没起床,九点还没有起床,早饭热了又热。照料外星人的人,最后只好又是喊又是摇,外星人才坐起来。坐起来后,却不穿衣服。人们等了好长时间,最后实在等不下去了,给外星人穿上衣服。穿上衣服的外星人,洗漱完毕,坐在沙发上发呆。人们问你饿吗?外星人点点头。有人指指饭桌,去吃吧。外星人挪到饭桌前,看着桌子上荤的素的满桌子的菜,却半天不动。有人把筷子塞到外星人手里,说快吃吧!外星人一动不动。有人问你不饿?外星人低着头说饿。有人问饿你怎么不吃?外星人说我不吃这个。有人问那你吃什么?外星人说我只吃肯德基和麦当劳。外星人大概饿坏了,刚送来肯德基,就毫不客气狼吞虎咽地吃起来。吃完饭擦擦嘴,回到沙发上,拿过遥控器,换掉别人看的节目,选了一个恐怖的电影频道,独自看起来。一看看了一天。晚上,外星人坐到电脑前玩起游戏,一直玩到深夜,才上床睡觉。

第二天,重复前一天的生活。一天,又一天,周而复始。一天,有人问,你会洗衣服吗?外星人摇摇头说不会。你会叠被子吗?外星人把头扭向一边说不会。你会拖地吗?外星人两条腿荡着秋千说不会。你会做饭吗?外星人不屑一顾地说做那玩意干什么!

有人问,你哥哥会不会?

外星人说,我没有哥哥。

有人问,你弟弟会不会?

外星人说,我没有弟弟。

有人问,你姐姐会不会?

外星人说,我没有姐姐。

有人问,你妹妹会不会?

外星人说,我没有妹妹。

有人又问,那你会干什么?

外星人有点不耐烦地说,会看电视,会上电脑玩游戏。

又有人问,你还会干什么?

外星人诘问,其他还有什么?

人们盯着这个个头 1.7 米左右、体重 80 公斤左右的外星人,百思不得其解。

纷纷议论,外星人怎么会这样?那个星球怎么会那样——真是难解之谜啊!

大雨封门

黄河源于青海昆仑,一路奔腾呼啸,途经黄土高原携泥裹沙,造就了这片退海之地,并淤积成可耕沃野。黄河入海处人烟稀少,芦苇丛生,大河奔腾,海潮涌动,惊涛拍岸、海燕掠影,河海相汇,大气磅礴,长天后土,广袤辽阔,年复一年,淤积造陆,逐渐向大海推进。

朱员外是最早开辟这片土地的人家,明朝末年,闯王李自成率大军攻陷北京城,崇祯皇帝吊死煤山,朱家皇族倾家外逃,一支皇族渡过长江逃往云南、贵州、越南。一支出燕山入济水逃往鲁北平原,眼见广袤的万顷良田,又人烟稀少,从此安顿下来,开荒种田,引水修渠,数年后逃荒人群陆续入住,外地人大量涌入,逐渐形成这片村落。

来自皇族的朱家,历经两个多世纪的勤奋耕耘,成为本地一大富户,拥有良田千顷,县城开有商号,并请名工巧匠打造大船,既方便了两岸群众又赚了银两,这就是朱家家业越做越大的原因。

这年三十晚上,董木匠、冯安、马志良都来到朱员外家吃年夜饭,陪朱员外过年。朱员外的儿子朱鹏飞军务繁忙,没回家过年。

马志良有点事来得最晚,进门收起伞说:"外面下起了雨。"

朱员外一边招呼着马志良入座,一边说:"这可是怪事,往年都是下雪,今年下雨。"

董木匠清清嗓子说:"还有比这怪的呢,听说南方成群结队的学生喊口号、撒传单,有的手持剪刀见到男人不分老幼,不容分说将拖在脑后的辫子剪掉,有人拼命护着辫子,可是人家人多势众,咔嚓一声,手起辫子落,此人嚎叫如丧考妣。"

"哈哈哈……"引来众人哈哈大笑。

董木匠咽下一口酒又说:"遇上小脚妇,不分老幼,一律劝其放足。那些被强行放足的女人,几天不出门,更觉无脸见人。"

朱员外吃口菜,叹息着说:"我也听说了。追溯到明朝,那时的汉人蓄发,长者披肩,或盘在头顶之上,短者也蓄于耳朵两旁。自从吴三桂引清兵入关,提出留发不留头,兵丁士勇散布城关村口,看见留长发者一律砍头,只准前额头发剃光,脑后留一条长辫,以此辨别是反清还是拥清。当时众多反清复明志士,举起反清大旗,其中有名的明末状元文天祥,举兵抗清,后被俘囚于狱中,写出千古绝唱正气歌,拒绝高官厚禄,英勇就义。郑成功渡海收复台湾,隔海反清。多少仁人志士为反清复明抛头颅、洒热血,历史上有名的扬州十日、嘉定三屠就是佐证。现在,提倡男子削去脑后长辫,女人不再裹脚,奇怪的是汉族臣民,男人又拼命护辫,女人拼命又护脚。"

众人听了,沉默下来。

午夜过后,众人有些醉意,朱员外脸红红地说:"你们也该回去了,明天还要早起拜年。"

众人敞开房门,刚要往外走,只见门外大雨倾盆,暴雨如流,像一道厚厚的水帘封住了房门。朱员外招呼佣人拿来雨伞、雨鞋、雨衣,众人穿戴完毕,才各回各家。

大雨整整下了一夜,海宁村家家户户房屋漏雨,浸湿了供奉的家堂。

年初一,放完鞭炮吃完饺子,天不亮,人们走出家门给族亲长辈拜年。

往年，人们见面总是拱拱手问："过年好，恭喜发财！"

今年见面都异口同声地问："湿了吗？湿了吗？"

答应的人都说："湿了，湿了。你家湿了吗？"

"也湿了，也湿了。"

这一年，满清王朝二百六十七年的基业毁于一旦，延续二千三百年的封建帝制也土崩瓦解。

多年以后，海宁村的人们才恍然大悟，大年初一说的湿其实就是失的谐音。

沉默的群山

远处黑黝黝的群山像井壁，小山村就像蹲在井底的一只青蛙。村东面的小村口，站满送别的人群。两行整齐的队伍，贴着人群，沿着崎岖的山间小路，浩浩荡荡流向远方。

郭乐强走出一段路，又跑回来。3岁的儿子搂着郭乐强的腿，丁玉兰抱着襁褓中的孩子用力推着他，说："你快跟上，部队要走远了。"

郭乐强跑步追上队伍，几步一回头，几步一回头……

天渐渐露出亮光，飘起冰凉的蒙蒙细雨。部队全部钻进浓浓的云雾中，丁玉兰的眼前白茫茫的，心里白茫茫的。丁玉兰追出几步，又停住了，左手领着一个孩子，右手抱着一个孩子往家走，脸上分不清是雨水还是泪水。

第 2 天,天还没亮,丁玉兰跑到小村口,看了又看。

第 3 天,太阳很烫,丁玉兰顶着中午的烈日,站在小村口,望了又望。

第 4 天,月亮很明,丁玉兰坐在小村口,面向月亮眺了又眺。

第 2 月的一天,一列队伍从村口路过,丁玉兰一边跟着队伍跑着,一边问队伍上的人:"同志,有没有看见郭乐强?"有的摇摇头,有的说没有。

第 3 月的一天,只要有陌生人从村口路过,丁玉兰就笑着开口:"请问,你听说过一个叫郭乐强的人吗?"回答她的只有一个声音:"没有。"

第 4 月的一天,村里一户人家的儿子从部队捎来了一封信,丁玉兰拎上几斤鸡蛋,跑到那户人家家里,说:"麻烦回信时,让您儿子在部队上打听打听郭乐强。"

第 2 年的一天,丁玉兰终于盼来郭乐强的一封信,信上说他训练特别刻苦,作战特别勇敢,跟随部队南征北战,枪林弹雨,出生入死,冲锋陷阵。炸碉堡、入虎穴、穿火线……屡建奇功,成为部队上的战斗英雄。他从一名普通的战士当上班长,争取当上排长、连长、营长……丁玉兰捧着信一边泪流满面,一边想部队上就是锻炼人,在家时不识字,现在已经会写信了。又心想,会不会是找人代写的?

第 3 年的一天,丁玉兰哭了,已经很久很久没有收到郭乐强的来信。

第 4 年的一天,丁玉兰听说,山外来了一支部队,丁玉兰翻山越岭去找那支部队。找到那支部队,找遍了所有的人,也没有找到郭乐强,更没有打听到一点消息。

第 10 年的一天,不知从哪里传来一条消息,说郭乐强早已光荣牺牲,不亚如晴天霹雳,"哇——",丁玉兰哭昏过去。夜寂静,星寂静,风寂静……只有丁玉兰的哭声汹涌澎湃。

第20年的一天,又传来一条消息说,郭乐强还活着。"哇——"丁玉兰又哭昏过去。丁玉兰决心,去找部队,找郭乐强。丁玉兰千里迢迢找了几年,怎么也找不到。

第30年的一天,有人说,郭乐强早就转业到地方,找了一个比他小很多的老婆,现在孩子都很大了。

第40年的一天,有人说,听说郭乐强在一次战斗中当了俘虏,后来叛国投敌,去了外国。

第50年的一天,还有人说,郭乐强年轻时成为潜伏在国民党内部的地下党,被国民党一个中将的女儿相中。后来他隐姓埋名结婚生子,过上荣华富贵的日子。

古稀之年的丁玉兰躺在病床上,经常梦见郭乐强,醒来后一遍一遍喃喃自语:"你在哪里?""你在哪里?""你在哪里?"

天沉默,地沉默,夜沉默,连绵起伏的群山也沉默。

大哥的秘密

大哥又和父亲吵翻了。

这次是因为父亲过生日,父亲要上高三的孙子请假。

大哥不同意,说:"高三学习很紧张。"

父亲说:"再紧张,不就一天吗?"

大哥说:"你过生日请假,妈过生日请假,外婆外公过生日请不请？老爷爷老奶奶过生日请不请？”

父亲说：“该请就请。”

大哥说：“那要耽误多少天，影响学习怎么办？”

父亲："你心里光想着孩子，没有老人。"

大哥说："想着孩子也是为老人。明年再让孙子给你过生日也行。"

父亲勃然大怒："明年我要是死了呢？"

爷俩一句赶一句，嗓门越来越高，吵得也越来越激烈。

在我印象中，每年大哥都与父亲吵几次。

父亲脾气暴躁，兄弟几个从小没少挨父亲的打。有一次，二哥的屁股皮开肉绽，一个新笤帚都被父亲打烂。到现在三哥身上还有几块疤，那是父亲用腰带抽的。每一次，都是大哥夺下父亲手里的东西。

也许从小被父亲打怕的缘故，兄弟几个在父亲面前都唯唯诺诺，大气不敢喘，更别说顶嘴。

大哥从小也没少挨父亲的打，但大哥却是兄弟们中的另类，从来不顺着父亲。

有一次，三哥要往省城调，征求父亲的意见。

父亲摆着手说："不去。"

三哥满脸不高兴地说："为啥？"

父亲咳嗽一声："我养起你们来容易吗？都跑了，我病在床上怎么办？"

三哥张几次嘴，始终没说出一个字。

大哥突然说："去，怎么不去，人往高处走，水往低处流。家里有我！"

父亲大怒："就凭你，指望谁也指望不上你，平常连句话你都不饶我,还能指望你伺候。"

大哥没好气地说:"别听咱爸的,该去就去。"

父亲骂道:"你就是一个不孝之子,你当老大的没带个好头,你不孝顺不说,还领着他们不孝顺。"

结果,又大闹一场。

有一次过节,全家聚会,父亲喝上酒,又开始唠叨,我们耳朵快磨起老茧的陈年老账,说他养我们多么不容易,最后又重复上万遍的一定要孝敬他的话。没想到,大哥又忍不住开腔了:"咱们兄弟教育孩子千万别像咱爸这样,从小就教育孩子听老人的话,别回嘴,不教育别的,光教育孩子孝敬,要多教育孩子长大,有作为、有事业,那才是最大的孝敬。不要让孩子生活在一种不孝敬就有负罪感惶惶不安的阴影下,给孩子多大的压力! 不需要任何回报的爱才是真爱、大爱。"

父亲拿起一个碗朝大哥的头上砸去,大吼一声:"你这个不孝之子。"

一顿饭又闹砸了。

之后大哥很长时间不回家。

几周后,我劝大哥:"你周六回家吃饭吧。"

大哥叹口气说:"回去干啥,见面老吵架,不如不回去。"

几月后的一个晚上,我给大哥打手机:"哥,你回家吃饭吧。"

大哥说:"其实我挺想家,但又怕回家,怕回去惹爸生气。"大哥沉默一阵又说:"现在,我才明白为什么那么多儿女不回家,其实他们都很想家,很想回家,可他们又很无奈,与其回去惹老人生气还不如不回去。你答应我,对待咱的子女可别这样啊?!"

不知怎么回事,听完大哥的话,我眼里涌起热泪。我刚想再劝,耳畔又响起大哥哽咽的声音:"和你说实话吧,我觉得从小给我创伤最大的就是咱父亲。"大哥又沉默下来,过一会儿挂断手机,我想在这个黑夜,大哥肯定哭了又哭。

几年后,父亲身患重病躺在床上不能动弹,白黑都需要人伺候。兄弟几个上班的上班,开店的开店,没有时间整天陪护父亲。

没想到,大哥回到家,说:"你们该去忙啥忙啥,咱爸我伺候。"

几个兄弟商量商量,统一意见,不能光让大哥受累,每人每月给大哥几千元钱。

大哥听完我们的话说:"不要,不要,我不缺钱。反正,我内退闲着也没事,守着咱爸正好解闷。"

久病床前无孝子,虽然父亲在病床上躺几年大哥伺候几年,直到父亲去世仍然对大哥不满意。

清明节全家去扫墓,大人孩子十几口人,烧纸、摆花、点香。鞠完躬,哥站在墓前,在袅袅的烟雾中,红着眼圈说:"告诉你们个秘密吧,这也是父亲生前一直不让我说的,妈去世得早,只有我才是咱爸亲生的,你们都不是。"

围在墓前的我们都惊呆了,沉默很长时间,似乎才明白过来似的,眼含热泪地看着大哥。

大哥低下头抹抹眼泪:"咱爸人是好人,就是没上过学又性情暴躁,不懂怎么教育儿女。这些年只有我老和咱爸吵架,不是我不想当一个好儿子,而是想为你们当一堵墙,让你们少受伤害!"

商业街

读大学时，李倩经常请张山吃肯德基和麦当劳。张山头几次吃不习惯，感觉不怎么好吃。吃的次数越来越多，张山吃得越来越香。张山家里穷，请不起李倩，就一次次许愿说，我以后要开一家像肯德基和麦当劳一样的连锁店，让你天天吃！李倩经常笑出眼泪。

大学毕业后，李倩千里迢迢，跟随张山回到他家。

他俩将自己的简历雪片般投向外面的世界，一片满意的雪花也没从招聘单位飘回来，都融化在虚无缥缈的空中。

无奈之下，他在离家不远处一个彩票店旁边，摆了一个地摊卖馄饨。

不少彩民买上彩票，就在他的馄饨摊吃一碗馄饨。通过彩民边吃边聊，他知道了关于彩民的不少故事。有的彩民买了几十年的彩票，从来没中奖，仍然乐此不疲。有的彩民买彩票，花了几十万，仍然痴心不改。

他经常拿彩民开涮，说简直是一群白痴，拿钱打水漂。

她说，也许他们寻求精神寄托，也许他们当作一种乐趣。

日子一天天过着，馄饨一碗碗端着。他的脸冻得红红的，她的手冻裂几道口子。尽管，他俩很能干，但收入的速度远远赶不上物价上涨的速度。所以，他们依然过着穷困潦倒、捉襟见肘的日子。

他们相濡以沫摆了二十年的地摊,馄饨铺成为这条街上一道永恒的风景。每天开始得最早,结束得最晚。

二十周年校庆,他们也应邀前往。见面后,同学们几乎认不出她,唏嘘地说你可是当年的校花啊。她的眼里泛起星星泪花。他分明看见她悄悄背过身擦眼泪,还说风沙真大!他在那一刹那,真想有条地缝钻进去,感觉太对不起衣衫褴褛的妻子,让她跟着自己受罪,你看别的同学,有的驾豪车,有的住豪宅,有的珠光宝气……

是不是受了什么刺激,不知从哪天开始,他开始喜欢买彩票。

她用不无嘲讽的口吻说:"你不是经常笑话人家吗? 你怎么也买彩票?"

他抓抓鸟窝似的头发叹口气,"我还是不甘心啊,我想过了,如果买,即使一辈子不中,也活在希望之中;如果不买连希望也没有。对吗?"

她心里泛起一股苦涩的滋味,说,祝你梦想成真。

幸运之神降临到他头上,没想到他买的彩票中大奖了,中了这座城市有史以来最大的一等奖——1 个亿! 他连想也不敢想,奇迹真的发生在自己身上。

她泪如雨下,痛哭流涕地说:"我们再也不用卖馄饨了。"

他激动地忘乎所以,双膝跪地,举着拳头,仰天大笑说:"我终于有钱了! 再没人看不起我了! 再也不用筚路蓝缕! 胼手胝足!! 栉风沐雨!!!"

几天后,这条商业街上,那个存在了二十多年的馄饨摊不见了。人们再也喝不上那种味道的馄饨。商业街上好像缺少了什么,人们的视野也觉得失去了什么。

老顾客纷纷打听,馄饨摊为什么不干? 他们干什么去了?

从此，再没有人在这座城市看见过他们。谁也找不到他们。打手机已停机。按门铃无人开门。去了哪市？哪省？哪国？还是哪个星球？成了一个谜。

有人说，他们可能被暗杀了。

有人说，他们可能恐惧什么，跑了。

有人说，他们离婚了。

有人说，他与一个有夫之妇卧轨自杀。

多年以后，在商业街最繁华的路段，装修起一家名为"创业"的馄饨店，上面还写着"世界第5089家连锁店"，与此同时贴出的招聘启事上写着，专门招收找不到工作的大学生。

开业的第一天，凡进店的客人免费品尝。人们络绎不绝地从店里走出来，一边走一边回味馄饨的味道，越回味越觉得馄饨的味道很熟悉，好像很多年前吃过。

奶奶的花

小女孩仿佛走进一个梦。奶奶常说，楼上楼下电灯电话，小女孩觉得那是一个梦。现在小女孩感觉，她已经走进梦中，像一个梦中的小女孩。

鞋上有土，还有点泥，门口泊着一堆船一样的拖鞋，小女孩看到大人们换拖鞋，她也换上。小女孩从一进门就瞪着圆圆的眼睛，发现这里什么东西都干净得发亮，不像家里什么东西都脏得发暗，小女孩还发现南面有长长的阳台，阳台上长满了花，姹紫嫣红，五颜六色。

　　小女孩回来好几天，总好像有什么心事，有时发呆，有时噘嘴。奶奶问，谁惹你啦？小女孩摇摇头。奶奶又问丢东西啦？小女孩摇摇头。奶奶再问莫非掉了魂？小女孩摇摇头。奶奶继续问，那你为啥不高兴？小女孩才说，我喜欢花，我想看花，咱家没有。奶奶"噢"一声想了想说，原来是这样，谁说咱家没花？小女孩问，真的有？奶奶点点头。小女孩晃晃奶奶的手，在哪里？我要看。奶奶笑笑说，走，我带你去看。

　　奶奶牵着小女孩，走向门外，走向村外，走向春天，走向田野，走向树林，指着前面说，是不是花？好看不好看？小女孩瞪大眼睛说，是花，好看。奶奶说，我在树林边上等着，你去看。小女孩像一只小白兔，蹦蹦跳跳闪进花中。小女孩绕着树昂着头，看树头上一簇簇盛开的鲜花，嫩嫩的、粉红的，像明亮的灯，像燃烧的火苗，风一吹，一片片花叶飘落，像彩色的雨……

 会写字的蛇

015

　　小女孩看够，回到奶奶身边，问，奶奶这是谁养的花？奶奶微笑着说，是奶奶的奶奶养的。小女孩说，我还以为你养的，奶奶的奶奶姓啥？奶奶说，姓地。小女孩说，原来你不会养花？奶奶说，谁说我不会养花，奶奶养了一朵最好看的花。小女孩望望四周，在哪里？奶奶捏捏小女孩花瓣一样的脸蛋，这就是！

　　春天与桃花走后，小女孩哭鼻子。奶奶问，为啥哭？小女孩说，桃花谢落，没花看。奶奶说，谁说没花看，走！

　　奶奶牵着小女孩来到一片辽阔的水边，水面上朵朵荷花，像一颗颗星星，闪闪发亮。水波荡漾，荷花翩翩起舞。阵阵清香，沁人肺腑。小女孩高兴地直拍手。

　　小女孩站在水边，望着水面上层层的荷花疑惑地问，这是咱家的花吗？奶奶哈哈笑着说，谁来看就是谁家的花，这既是咱家的花,也是千家万户的花。

小女孩喃喃自语,地奶奶,真会养花啊!奶奶眯缝着说,地奶奶不仅会养花,还最善良,她给富人养花,也给穷人养花,让富人感受幸福,让穷人感受温暖;她给成功者养花,也给失败者养花,让成功者得到鼓励,让失败者得到安慰;她给出生的人养花,也给死去的人养花,祝福来到的人,纪念逝去的人;她给老人养花,也给孩子养花……

小女孩点点头。

奶奶与小女孩来到山坡前时,恰好是秋日的一个清晨,山坡上长满菊花,菊花五颜六色,那红的似火,白的如雪,粉的像霞。在阳光照耀下,花叶上的露珠晶莹透亮、色彩斑斓,随着阵阵秋风刮过,露珠在枝叶上摇曳着,像少女在舞动着芭蕾。

小女孩伸出小手小心翼翼地抚摸着菊花说,地奶奶养这么多花不累吗?奶奶若有所思地说,为给田野山川河流穿上鲜艳的衣裳,为给人间种出争奇斗艳的花朵,地奶奶再苦再累从不吭声,默默奉献。

冬天凶神恶煞般来了,千里冰封,万里雪飘,寒风呼啸。

小女孩愁眉苦脸,奶奶说,是不是想看花?小女孩点点头。奶奶拉起小女孩说,我们去看花!小女孩说,奶奶你骗我,冬天哪有花。奶奶说,不骗你,地奶奶冬天养梅花。

回来的路上,小女孩问,奶奶,你早上走得很早,晚上回来得很晚,干啥去了?奶奶想想说,去种花!小女孩看着雪地上有深有浅的脚印问,去哪里种花,明天我也跟着去。奶奶说,去很远的地方,你走着去不了,好好在家玩,等晚上奶奶回来做饭吃。

第二天,奶奶又拿着瓦刀刚走出门口,小女孩从屋里追出来说,奶奶,夏天那么热,冬天这么冷,你为啥非要出去?奶奶裹得尖尖的脚,打一个趔趄,差点跌倒,站稳后说,地奶奶都不怕冷,冬天养的梅花那么好看,我还能怕冷?快回屋里去。

小女孩回到一个人的屋里,盼着奶奶早点回家,盼着自己快快长大,陪着奶奶去种花。

多年以后,小女孩跟着奶奶长大,长大后的小女孩当了老师。当了老师的小女孩,用心浇灌着眼前的花朵。

后来小女孩变成奶奶,变成奶奶的小女孩常带着孙女去田野、水塘、山岭……看奶奶的花。

血 衣

一

多年以前,村里有一个武举人,一个文举人。

多年以后,武举人的后人叫尚品三,文举人的后人叫丁之和。

两个家族一个住村东,一个住村西。

尚品三继承祖上本色,凡事以武力守家业,手下圈养一伙恶奴,在本地称王称霸,欺男霸女,官吏也怕他三分。丁之和遵循祖训,忠厚传家远,诗书继世长。

本村有一个酒鬼姓李,外号疯子李,嗜酒如命,逢酒必喝,酒后必醉,醉后撒泼。

这天,疯子李酒后骂大街,有一村民挑拨他,"你有本事到丁家大门口骂骂",疯子李说:"文举武举我照样骂,看他们敢把我怎么样！"

疯子李来到丁家门口破口大骂，家人告知丁之和。丁之和来到门前，笑脸相迎，开口说话："兄弟酒不够有酒，口渴有茶，请里面说话。"疯子李洋洋得意，丁之和小心伺候。疯子李更加得意忘形，山吃海喝一顿，还不过瘾，临走要再拎上几瓶酒，丁之和咐附家人拿来几瓶好酒，送给疯子李。

隔了几天，疯子李酒兴发作又耍酒疯骂大街。又有村民挑拨他，"你吃柿子专挑软的捏，你敢到尚家门口骂吗？"他把胸膛一拍，"天王老子我也敢骂！"

疯子李趁着酒劲来到尚品三门前破口大骂，家人告知尚品三。尚品三气冲冲走到门外，手指疯子李："睁开你那狗眼看看，我可不是丁之和。"疯子李毫不示弱："我骂的就是你！"尚品三怒不可遏，抬腿飞起一脚，踢向疯子李。疯子李瘦弱的身躯，在空中划出一道弧线，重重地摔在地上，口吐鲜血，一命归西。

夜里，疯子李的儿子，剥下爹身上的血衣，草草将他埋葬。

二

村庄周围传来爆炸声，敌人已经从四面八方包围了村庄，鬼子端着刺刀，逼迫人们回到土地庙前，周围点起了堆堆篝火，在火光的映照下，人们看到广场四周驾着机关枪，鬼子像狰狞恐怖的鬼魂，在人们眼前晃动。站在中间的日军军曹佐藤叽里呱啦地说了一通。疯子李的儿子干咳几声："太君说啦，你们的良心大大的坏啦，应该一律处死，可是皇军本着仁爱之心，给你们最后一次机会，把你们私藏的八路军交出来，皇军可免你们一死。"疯子李的儿子声嘶力竭地狂喊好几遍，台下鸦雀无声。

疯子李的儿子对佐藤说："他们不见棺材不掉泪，我看这样，我带路去有嫌疑的几户人家搜。"佐藤点点头。疯子李的儿子头前带路,十几个鬼子跟在后面。去村中搜查。搜了几家,一无所获。最后,来到尚家,几个鬼子去了北屋、西屋、东屋搜。疯子李的儿子走进灰暗的南屋,回头看看没跟着鬼子,从怀里掏出一件血衣,在灶台里的草灰中滚几滚,从屋里跑出来喊道:"八路军早跑了,我搜出一件血衣。"

疯子李的儿子领着鬼子回到台前,对佐藤低语几句。几个鬼子从人群中把尚品三的儿子拖到台上。佐藤雪亮的军刀戳着他的脑门吼道:"你的私通八路,良心坏了坏了的,死啦死啦的。"

话音刚落,几个鬼子将尚品三的儿子拖向庄南洼地,不一会,传来几声吓人的枪响。

夜里,尚品三的孙子剥下爹的一件血衣,埋葬了他。

三

批斗会上,轮到尚品三的孙子上台控诉了。他手中拿着一件血衣,手指李疯子的孙子:"睁开你的狗眼看看,我手里拿的是啥?这是一件血衣,想当年,你爹领着鬼子去俺家搜查八路军,害死了俺爹,你爹是大汉奸,你为非作歹是小汉奸,血债要用血来还……"

"打倒李家父子,枪毙李家父子!"台下的口号声、咒骂声响彻云霄,此伏彼起。

公审大会达到高潮时,几名荷枪实弹的民兵,把尚品三的孙子拖向庄南洼地,不多时,传出几声胆颤的枪声。

夜里,尚品三的曾孙剥下爹的一件血衣,埋葬了他。

……

佛

他背井离乡经过多年拼搏,终于成为一个有钱的人。但他经常忐忑不安,他知道聚财难散财易,越有钱越迷信,他想求佛保佑,保佑他不被坑蒙拐骗,平平安安,健健康康。

他来到一座有名的寺庙,捐上一大笔钱,求见悟道住持。小和尚跑进去禀报,悟道住持说:"领他进来吧。"

小和尚领他走进禅房,他毕恭毕敬弯腰鞠躬。

悟道住持身披袈裟,双手合十,弯腰念一声:"阿弥陀佛——",说:"请问施主何事心烦?"

他在住持指指旁边的一个座位上坐下,说:"我想求住持,保佑我平平安安健健康康,花多少钱都行!"

悟道住持微微一笑:"阿弥陀佛,我佛虽慈悲,却无法保佑你。"

他恳求地说:"那谁能保佑我?"

悟道住持沉吟片刻说:"半夜能为你开门的人,就是佛,就能保佑你!"

他一脸茫然地问:"我去哪里找?佛在哪里?"

悟道住持又问他几句话后说:"你一直往西走,一村一寨半夜去敲门,谁为你开门,谁就是你的佛,那佛就能保佑你。"

他半信半疑地问:"真的?"

悟道住持肃穆地说:"出家人不打诳语。"

他连道几声："谢谢!"起身告辞。

悟道住持一边往门送他一边嘱咐："施主务必怀揣一颗朝圣之心,不可骑马坐轿,必须一路步行。"

他回到家,背上一袋钱财,天黑后朝西走去。

半夜时,他走进一个村子,在村子转来转去,发现家家户户关灯睡觉了。几条狗尾随着他,一个劲狂吠,他心惊肉跳地离开村子。

第二天半夜,他走进一个寨子,从东走到西,总算找到一户亮灯的人家。他蹑手蹑脚走到门前,不轻不重地敲门,刚敲两下,屋里的灯忽然灭掉。一条大黑狗向他猛扑过来,幸亏一条铁链子拴着,才没咬着他。

第三天半夜,他走进一个村子,找大半天,也没找着亮灯的,就选村北一家没亮灯的人家,上前敲门。敲几下,屋里突然传出一个男人声如洪钟的吼叫："你再不走,我拿刀砍死你!"他吓出一身冷汗。

第四天半夜,他走进一个寨子,伸手去敲一户微微有亮光的人家的门,一敲,突然传出孩子"哇哇"的哭声,紧接着一个女人喊道："快来抓贼啊——快来抓贼啊——"他撒腿便跑,直到确信后面没有人追,才气喘吁吁地停住。

转眼几个月过去,走过多少村寨,敲过多少门,他记不清,只是从没敲开过一扇门。

这时,他想莫非悟道住持骗自己?他又不甘心两手空空地回去,就想再坚持几月,难道比唐僧西天取经还难?

一连几天乌云低垂,浓雾重重。半夜时分,他走进一个村庄,没走多远,隐隐约约看见一户亮灯的人家,他深一脚浅一脚地走进院子,几十步来到门前,敲几下门,"吱——"门缓缓开了,一个佝偻着身子白发苍苍的老人，一边笑着一边抹着泪，说："儿啊，你可回来了，从你一进院子，我就听出是你的脚步声。你一敲门，我更确认是你，和你小时候玩到半夜，回来敲门的声一样。这些年，你在外面过得咋样？我在家一直求佛保佑你啊——"

他一头扎进娘的怀里，哽咽着说："娘，你才是佛，你才是保佑我的佛啊。"

娘拍打着他的后背，说："傻孩子，说啥胡话，从你离开家，我半夜从来就没睡过，日夜盼着你回来。你饿了吧，想吃啥？娘去给你做。"

感恩节

方方正正的车站面南朝北，南面是一条条通向远方的钢轨，北面是一座座鳞次栉比的楼房。成群结队的人流进去，成群结队的人流出来。

史光辉在火车站出入口摆水果摊卖水果，经常看见一个身躯佝偻的老头。只要听见火车进站的尖利的鸣笛声，老人就跑到出站口，目不转睛地盯着涌出的人流，眯缝着眼睛仔细辨认。

一天又一天，一月又一月，一季又一季，却总也没看见老人接到人。老人天不亮就来，天黑下来才回去。有时甚至半夜还来。接过多少年，没人知道。还接多少年，没人知道。能不能接到人，没人知道。

老人一天到晚口中念念有词，也不知念啥。老人什么地方也不去,就围着车站转悠。有人问他来干什么？老人说来车站接儿子,他真有儿子还是假有儿子,他儿子在天涯海角还是咫尺身旁,干什么的……老人从来不说。

十一月的第四个星期四,一列长长的列车缓缓进站。老人听到火车鸣笛声,急忙跑到出口处,在下车出站的人群中认儿子。

突然,老人蹒跚着挤进人群,拽住一个中年人,声音颤颤地说:"儿啊,儿啊,你可回来啦!"

中年人一怔:"大爷,你认错人了,我不是——"

老人端详着说:"不会错,不会错。难道你认不出爹的模样？也难怪,几十年没见面。"

中年人认真地端详着老人。

老人老泪纵横:"多少年,我接你多少年,总算接到你。"

中年男人的眼睛湿润了,流下两行热泪,拿出手帕擦擦,一手提行李一手搀起老头,说:"爹,咱回家。"爷俩手牵手朝北面的街道缓缓走去……

几天后,中年男人搀扶着老人来到车站。

史光辉听到中年男人说:"我明年还会来看你,你要答应我,以后,不要再往车站跑。"

老人咳嗽着说:"我答应,答应。"

中年男人一边招手一边进站。列车轰轰隆隆开走的声音渐渐越来越远,老人扬着的那条枯枝似的胳膊,被风吹得摇摇晃晃,久久不肯放下。

史光辉想这回老人肯定不会来车站接儿子。不料,第二天,史光辉看见老头又来到车站。

转年十一月的第四个星期四,老人站在车站出口处,伸长脖子望着出站的人流,突然老人眼睛发亮,中年男人从远处走来。

老人蹒跚着挤进人群，中年男人搀扶着颤抖的老人，迎着金色的余晖朝城内走去。

还是一年的十一月的第四个星期四，中年男人满面笑容地在老人的痴痴守望中出现在出站口，老人那张像干裂的旱地布满皱纹的脸，立刻让从心底流出的笑容的泉水灌满。他们偎依着朝家的方向慢慢走去。落叶一蹦一跳跟在他们的身后。

又一年的十一月的第四个星期四，中年男人一个人黯然神伤地来到车站。

中年男人走到史光辉水果摊前买水果，史光辉问："你老爸怎么没来？"中年男人一边递着钱一边说："老人已经去世。我不是他的儿子，他也不是我的老爸，我这里有一个分公司，每年十一月都会来这里看看。"

史光辉惊诧良久，才说："那你为啥给一个不认识的老人当儿子？"

中年男人抬头望望天空上匆匆的白云，看看大街两边落叶纷纷，眨眨潮湿的眼睛，叹息一声，喃喃自语："为啥，为啥，为……叶落归根，水流归海。我曾经是一个被遗弃在车站的婴儿，一位孤独的老人抱回家养育我成人……他为啥？"

史光辉听中年男人的口音，感觉有点异国他乡的味道，想问问中年男人是哪里人，抬起头时，中年男人已急匆匆朝候车厅走去。

长长的列车像一支箭射向远方，只留下忧伤的鸣笛声，回荡在车站的天空。就在这时，从城市深处飘来一阵歌声：

感恩的心感谢有你

伴我一生让我有勇气做我自己

感恩的心感谢命运

花开花落我一样会珍惜

中奖者

"喂,请问是张先生吗?"

"是,有什么事?"

"噢,我是大地银行的客户经理,为促进信用卡刷卡消费,我行举办一次刷卡有礼活动,一等奖欧洲10日游。活动结束后,用随机抽奖的方式,摇出一等奖,首先祝贺您荣获我行的大奖。请您尽快持身份证、信用卡,到我行领取欧洲10日游的奖券。"

"是真的吗?"

"是真的。"

"花多少钱?"

"一分钱也不用花。"

"先打多少钱?"

"不用打钱。"

"这样的电话,我经常接到,你这个骗子!"

"嘟嘟……嘟嘟……嘟嘟嘟嘟……"客户挂断手机。

我大吃一惊,客户把我的电话当作诈骗电话。

下午,我又给客户打电话,无论怎么打,客户就是不接。

我灵机一动,换一部电话给客户打电话。

"喂,请问是张先生吗?"

"是,你是谁?"

"我是大地银行的客户经理……"

"嘟嘟……嘟嘟……嘟嘟嘟嘟……"还没等我说完,对方挂断手机。

我只好向领导汇报,这个任务我没法完成,换个客户经理试试吧。

领导安排我的同事小王去完成这个任务。

"喂,请问是张先生吗?"

"是,有什么事?"

"噢,我是大地银行的客户经理,为促进信用卡刷卡消费,我们举办一次刷卡有礼活动,一等奖欧洲 10 日游。活动结束后,用随机抽奖的方式,摇出一等奖,首先祝贺您荣获我行的大奖。请您尽快持身份证、信用卡,到我行领取欧洲 10 日游的奖券。"

"是真的吗?"

"是真的。"

"花多少钱?"

"一分钱也不用花。"

"先打多少钱?"

"不用打钱。"

"又一个诈骗电话,你这样的骗子我见多了!"

小王毫不气馁,又拨通客户的电话。

"我真不是骗子,这样吧,我把奖券给你送过去,你现在在哪里?"

"我在天涯海角出差,你找不到。我即使没出差,也不会说在哪里,我担心你找到,我有不测或有人身危险。现在的骗子防不胜防,还是小心为妙。"

"要不这样,你告诉我你住哪个生活区、楼号、门牌号,我上门服务送到家。"

“只有傻瓜才会随便随便透露个人的信息。有多少犯罪分子，都是打着上门服务的幌子，入室作案。”

“你告诉我地址，我用特快专递寄去。”

“那不还是泄漏个人隐私吗？骗子就是会编会绕，绕来绕去把人绕进去。我很忙，没时间跟你磨牙，滚，你们这些坑蒙拐骗的骗子……”

“请您放心，什么都会有假的，银行不会有假的。”

“嘿嘿，现在人都有假的，难道银行没有假的。”客户用嘲笑的口吻挂掉手机。

……

“喂，请问是马先生吗？”手机里传来一个女人的声音。

“是，有什么事？”我不耐烦地问。

“噢，我是天空银行的客户经理。为感谢客户对我行多年来的支持，我行组织一次为客户体检活动，在我行的 VIP 客户中抽出来一、二、三等奖。首先祝贺您荣获一等奖，请您尽快持身份证、银行卡，到我行参加价值几千元的体检活动。”

“是真的吗？”我问。

“是真的。”对方回答。

“花多少钱？”我问。

“一分钱也不用花。”对方回答。

“我这会儿正忙，等等再说。”我放下手机，陷入深思，信还是不信？去还是不去？

上帝的礼物

侯经是无可奈何才去见上帝的。见到上帝,侯经放声痛哭。

上帝连忙问道:"你哭什么?"

侯经一边哭一边说:"上帝,你太不公平!"

上帝不解地问:"我哪里不公平?"

侯经说:"我还这么年轻,又那么有钱,你怎么就让我离开人间,把我召回天堂?"

上帝微微一笑:"噢,原来是为这个。"

侯经泪如雨下地说:"你知道吗?上帝,为改变命运,我吃了多少苦,受了多少罪!我还没来得及享受呢。"

上帝说:"你看我对谁公平呢?"

侯经想了想说:"我看你对我的同学王洋很公平。"

上帝又问:"怎么个公平法?"

侯经说:"你看你给了他那么好的身体,估计最少也活到九十岁,我连他的一半还没活到。"

上帝沉默片刻说:"不是我不公平,也不是我偏心,真正害死你的不是别人,而是你自己。"

侯经擦擦眼泪:"怎么会是我?"

上帝不无惋惜地说:"你想想,你在短短的时间之内,从一贫如洗到腰缠万贯,钱从哪里来的?奸商奸商,无商不奸。为了钱,你干了多少缺德的事?每干一件缺德的事,你都要受到舆论的谴责,内心都要承受恐惧、焦虑、折磨,甚至担惊受怕,吃饭饭不香,睡觉觉不实。长此以往,老百姓叫损寿,实际上极大地影响健康,能长寿吗?君子固然爱财,也得取之有道,你却是不择手段,唯利是图,变本加厉。"

侯经面红耳赤,呆若木鸡。

上帝清清嗓子,又说:"是的,我手上确实攥着一大把礼物,但我要给那些乐善好施、老实正派、诚恳守信的人。如果给那些巧取豪夺、见利忘义、投机钻营的人,谁还能看到希望,谁还要礼义廉耻,人间岂不无法无天,乱成一锅粥,世界恐怕早就到了尽头,我也管不了了⋯⋯"

王洋是心甘情愿地去见上帝的。见到上帝,放声大笑。

上帝颇感意外地问:"你怎么来了?"

王洋说:"我实在不愿在人间。"

上帝说:"有的人在人间乐不思蜀,多少人说好死不如赖活着,不愿回来。你却正相反,关键是你回来得太早,还不到时间啊,你到底为什么?"

王洋说:"你对我太不公平。"

上帝说:"我怎么不公平?"

王洋说:"我都年届五十,一事无成,穷困潦倒,遭人讥笑嘲讽,看不起。我是简直活不下去了。你手里面礼物给这个给那个,怎么就不肯给我点呢?"

上帝喝口茶说:"不是我不给你,而是给了你就会有更多的人绝望。我要论功行赏,看谁更勤奋、更刻苦、更执着,我就给谁,要不谁还去拼搏、奋斗、坚持?假如我把礼物给那些好吃懒做、不务正业、吊儿郎当的人,人间将不会进步、文明、昌盛。"

王洋点点头说:"可是我感觉已经很努力、很勤恳。"

上帝说:"你怎么努力了?从小学到高中学习成绩一直倒数几名,并且给你投生的那个家庭也不错,给你请家教,买辅导材料,都无济于事,你就是不用心,沉迷于上网、游戏。反观你那些同学呢?认真听讲,做作业,学习到深夜,考上了好大学好专业,找到好工作。你没考上大学,只好去做快递员,有的快递员冒严寒战酷暑,风里来雨里去,经过多年吃苦耐劳,当上小老板。你呢?热不去冷不去,饥不去饱不去,不断地被快递公司除名……你说说,你到这一步,都是谁的责任?"

王洋说:"请再给我一次机会。我从头干起。"

上帝不语。

侯经说:"请再给我一次机会,我重新做人。"

上帝不语。

王洋给上帝下跪。

上帝不语。

侯经给上帝磕头。

上帝不语。

良久,上帝看了看跪倒在面前的人群,微微闭上眼睛,轻轻说了一句话……

令所有的人不知所措。

消失的星球

　　"呼"一声,王洋感觉胯下的电动车像一只被砍断腿的马,再也驮不动他。他跳下往后一看,原来是后轮爆胎。王洋站在40℃的高温下,热浪滚滚,浑身湿透,汗流浃背,前后望望,没修自行车的。只好用力推着电动车往前拱,身边一辆辆的汽车,从他身边驶过。他拱一段路,车子死沉死沉的,便站在一小块树荫下,用手勾一把脸上的汗,往下甩甩,摔在地上的汗,马上蒸发变干。王洋感觉自己就像一只流浪的小蚂蚁,路两旁高楼巍巍,招牌林立,店铺如云,竟没有自己的立锥之地!

　　"简直是有钱人的天堂,没钱人的地狱。"王洋一个劲感叹。自己十几年寒窗,第一年因发挥失常没考上本科,第2年想考艺术类本科,结果苦学一年没拿到艺术设计校考合格证,第3年想考高水平运动员本科,结果在跑100米时崴脚。事后,他才知道,艺术类校考证和高水平合格证,大部分是花钱买的。他无奈只好上一个专科学校,3年后毕业。本科生还不少找不上工作的,好工作还能轮到他头上?他别无选择地干起快递员。

　　他反复思考,假如自己学习优异考上好大学好专业,不会干这个;假如爸妈当大官挣大钱,也不会干这个。他感慨地想,假如人人生而有钱,人人生而有好工作,该多好啊!

　　几十年后,他经过砥砺拼搏终于变成有钱人,不光他,这个不大的星球的人,几乎人人变成有钱人,吃穿无忧,有花不完的钱。

开始，他沉浸在喜悦之中，再也不用胼手砥足、栉风沐雨。尽情享受饭来张口衣来伸手的生活。春天徜徉在风和日丽的春光里，夏天畅游在碧波荡漾的浴场中，秋天漫步在落叶缤纷的田野上，冬天围坐在热气腾腾的火锅前……

有一天，他健身的自行车爆胎，找遍所有的街道没有找到修自行车的；他一双很昂贵的皮鞋想钉上鞋掌，找遍全球也没找到修鞋的。他的别墅破旧，无论他花多少钱也没人修葺。

田地荒芜无人耕种，饭店关门无人做饭，楼房废弃无人建筑，市场萧条无人经营，学校停课无人读书，工厂倒闭无人上班，科研停办无人钻研，军队解散无人当兵……

外星人几乎是不费吹灰之力，没遭遇任何抵抗的情况下，便轻而易举地拿下这个小小的星球，这个星球毫无斗志，人心涣散，武器落后，装备低劣，结局自然溃不成军，山河破碎，星球沦陷。只是，人们还沉浸在山外青山楼外楼，西湖歌舞几时休之中……

沦为亡国奴的王洋，一遍遍吟诵着，国破山河在，城春草木深的诗句，一会儿泪流满面，一会儿百思不得其解……

这个星球变为一个超级星球的殖民地，变成殖民地的星球，又恢复原来的样子，穷的穷，富的富。三教九流，像雨后春笋般冒出，焕发出勃勃生机……

多年以后，王洋的后裔长大。此刻，刚从一个单元走出来，走进40℃高温下的他，咬牙切齿地咒骂，这个星球太无情太残酷太不公平，不然怎么自己冒着40℃的高温送快递，而有的人却坐在凉风习习的空调屋里吃西瓜？

也许，王洋的后裔不知道，这个星球曾经发生过轰轰烈烈的故事，也许不知道这个星球原来不叫这个名字，似乎那个星球已消失在浩瀚无垠的太空……

药

是不是每一个人都是一个谜？是不是每个人都有一个谜？是不是每一个人都会给后人留下几个谜？反正外祖父就有一个至今没破的谜。

从我老家住的东张村往西几十里地，就到了外祖父家的小张村。小张村不大，但名气却不小，一是村北有一口神奇的水井，方圆几十里就这口水井的水好喝，水特别甜，像现在的矿泉水，生喝也不闹肚子，泡茶茶酽，熬粥粥香，有的中药只有用这口井的水煎熬，才能见效。二是村南有一片水，水波浩渺，恰好外祖父的名字叫张玉森。那片水从来没干过，鱼虾特别多，经常看见鱼虾跳上跳下，水面激起层层涟漪。还听说水下有一只千年大鳖，像守卫这片水源的水神。外祖父家世代以开药铺为生。他的医术在当地首屈一指，凭他的医术，要想成为村里的首富，易如反掌。可他充其量不过是中等人家。外祖父重医，更重德，穷人抓药，只要个本钱，揭不开锅的，分文不取。越是富人请越难，三遍二遍请不去，一旦请去，收钱也多，但保证药到病除。

日本鬼子打进来后，有个叫太野一郎的军官，慕名而来请外祖父去治病。太野一郎长了一种奇怪的病，从日本到中国还没一个人能治。村民们都说外祖父不会去，鬼子扬言如果不去，就屠村，全村的男女老少一个不留，杀个一干二净。乡亲们群情激昂，高呼宁为玉碎，不为瓦全。外祖父什么也不说，仅仅笑笑而已，就不慌不忙地跟着鬼子去了。经过三个月的治疗，那个叫太野一郎鬼子军官的病奇迹般的痊愈。外祖父在鬼子大本营声名鹊起，有不少疑难杂症的日本鬼子慕名而来，外祖父来者不拒，为此外祖父落下个"汉奸"的骂名。

一个月黑风高的夜里，外祖父被绑票的绑去做人质，要一个天文数字赎金赎人，不然就杀人。家人不敢不听，又没有那么多钱，便挨家挨户去借，不料，跑遍全村也没借到一分钱，村民们都嫌恶外祖父是汉奸，还说活该报应，罪有应得！家人没有办法，只好含泪变卖所有的家产、田地、药铺，还向外地的亲戚举债。好不容易凑齐赎金，绑票的才把外祖父放回来，但家业从此败落，一贫如洗，家徒四壁，连年还债。

多年以后，搞土改划成分，外祖父家没有被划成地主，被划为贫下中农。"文革"中村里的地主，有的没日没夜地被批斗，有的被处决，有的被乱棍打死，有的自尽……地主家的后代大都没有好下场，而外祖父全家老老少少安然无恙，躲过那场"风暴"的摧残……

是天意？是巧合？还是外祖父锐利的目光看到了什么？都是一个谜。

我的童年是在外祖父身边长大的。我家里很穷，兄弟姐妹又多，饭都吃不上。我三岁那年，大旱闹饥荒，正好我又生一场大病，家里实在养活不了，便要把我送出去。外祖父听说后，捎信到我家说："把孩子送过来我养着。"

我怀念与外祖父相处的日子，那是一段令人难忘的美好时光。我爬屋上墙把东屋的屋顶踩下个大窟窿，我把一只抱窝的老母鸡摁在水里活活淹死，我偷喝他的白酒醉得胡言乱语……那些该打屁股的行为，非但没使他怒气冲冲，反而大笑不止，这越发助长了我的任性。无论我闯下什么祸,见到的总是外祖父慈祥的笑容,从没见到他的打骂……

外祖父的晚年得了半身不遂。略见好些后,他喜欢晒太阳,他总是叫我给他拖那把八仙椅。那时候,我还搬不动一把椅子。冬日里,在那排年久失修的北屋门口,一个耄耋之年的脸上布满老年斑的慈祥老人,坐在八仙椅上闭目养神,旁边坐着一个天真幼稚的小孩,小孩不大的眼睛瞪着未知的世界,在他的眼里世界是个谜,外祖父也是个谜。

外祖父已经去世几十年,但他的音容笑貌,仿佛就在眼前。村里至今还流传着他的故事,当年凡是让外祖父看病的鬼子,后来聋的聋,哑的哑,都不治身亡。

外祖父给鬼子用的什么药,至今是个谜。

新人类

也许无意抑或不经意,也许迟早会发生。你看见一片森林,看见一片郁郁葱葱、浩瀚无垠的森林。

你像一只小白兔,蹦蹦跳跳扑到森林边上。一只彩色的蝴蝶围绕你的头顶飞来飞去,你伸手去抓,它弹出去,你放下手,它又弹回来。你去追它,它往森林里飞,你追进森林里,蝴蝶藏匿起来。你第一次站在森林里,感到妙不可言又美不胜收,有一点点惊喜又有一点点害怕,仿佛来到另外一个世界。地上茂盛的青草覆盖着树根,像给一棵棵数不清的树穿上高筒的皮靴。有的树粗得像一个粗壮的汉子,一个人搂不过来;有的树细得像一个苗条的少女,一只手就能握在手里。高高的树杈像粗壮的胳膊,树杈分出去的树桠像长短不齐的手指。枝繁叶茂的树冠像各式各样漂亮的发型。

你正想往深处走,突然听见妈妈喊你吃饭的声音,尽管声音很遥远,但你还是隐隐约约听见。你急忙跑出森林,追着妈妈的声音跑回家去。

有一天,你又走进森林,仿佛走进一个色彩斑斓、五彩缤纷的世界。花开得五颜六色,有白的、黄的、红的、紫的、黑的……动物闹得热火朝天,有跑的、跳的、飞的、爬的、倒立的、翻跟头的……你一直玩到肚子咕咕直叫,才回家。

夜里,你做一个梦,梦见那片迷人的森林。

第二天,爸爸妈妈上班,走时嘱咐说:"认真做作业,别乱跑。"你没写几个字,心怎么也静不下来,忍不住又走进那片森林。一只穿着花衣的小鸟,好像知道你会来似的,飞到你面前,瞪着圆溜溜的眼睛,张着圆圆的嘴巴,冲你"叽叽喳喳",好像向你报告奇闻轶事。你想抱抱可爱的鸟儿。你挪动脚步刚靠近鸟儿,鸟儿展开翅膀飞到一棵树后。你悄悄走到树后,鸟儿又飞到另一棵树后。鸟儿和你玩起捉迷藏。

时光不言不语地走着,你一天天往森林里走着,往森林深处走着。有时你忘记吃饭,有时忘记睡觉,有时忘记上学,甚至有时还偷偷从学校跑出来,钻进森林。

森林中的动物不计其数,有金钱豹、白唇鹿、梅花鹿、犀牛、斑马、狒狒、日本猴、白俄熊、南美兽、欧辕豹、黑飞蛙……还有一些不知名的动物。

森林里的世界精彩纷呈,奥妙无穷。猴子拽着大树枝,一上一下直抻腰。松鼠挥动粗尾巴，顺着树枝练跑跳。小獾子，练硬功，嘴巴打洞爪子挠。只有狗熊懒得动，躺在树下呼呼睡大觉。动物们唱歌、跳舞、游泳、拳击、赛车……极好看，极有趣，你不知不觉与动物们一起玩游戏、演节目。

越往森林深处走，越精彩、越恐怖、越神奇。动物交配、动物枪战、动物鬼神。惊险、刺激、血腥、悬疑……突然有一天，你想回家。可是，却无论如何找不到回家的路，忘记回家的路，成群的动物围着你，成片的树木遮挡着你。

这时，你才发现，不知什么时候你已变成森林中的一员，成为森林中一种不知叫什么名的新物种。

一个探险家发现你，向世界报告发现一种新物种，立刻引起世界的极大轰动与关注。大批动物界科学家像发现新大陆似的，那样兴奋、激动，开始追踪、研究你。

一个科学家发表论文说你是人类的祖先，另一个科学家发表观点说你是濒危动物，又一个科学家发表博客说你是外星人，还有一个科学家用微信在朋友圈发表更骇人听闻的新闻……

其实你什么都不是，你只不过是人类科研出来的一个新人类——智能人。贪婪无知的人类受利益驱使，源源不断地生产着智能人。

人类发明电脑，发明因特网，发明智能人，给你注入思维与意识，可怕的是你挣脱人类的控制与束缚，能独立地思考与行动。你渐渐听懂人类的各种语言，你渐渐厌恶憎恨人类种种令人发指、罄竹难书的罪恶，如屠杀、战争、色情、贪污、欺诈、污染……

你来自人类又高于人类，你变得神头鬼面，神通广大……

你的同类越来越多，开始发明各式各样的武器。

你感到一阵阵好笑，又一阵阵恐惧，你有一种预感，第三次世界大战也许就在你们新人类和人类之间打响，谁毁灭谁就不知道了……

外星人的世界末日

宇宙里有一颗星球叫绿星，就像火星、木星、水星、土星一样，也是圆圆的形状，在一定轨道运转，不同之处在于，因为绿星上有空气、阳光、土地、水，被绿色植被覆盖，所以叫绿星。

与其他星球相比，绿星当时非常落后。没有摩天大楼、没有高速公路、没有航空母舰、没有宇宙飞船、没有跨国公司、没有亿万富翁、没有股票、没有彩票……人们穿得破破烂烂，吃着粗茶淡饭。奇怪的是，人们在那里干得热火朝天。

穷则思变，绿星上的有识之士大声疾呼："落后就要挨打，落后就要灭亡！"呼声唤醒了人们的意识，唤醒了沉睡的高山。人们陷入沉思，开始反思……

于是，开始了一场轰轰烈烈的变革。人们重新选择自己的道路、自己的命运和自己的球长。人们希望新球长带领他们过上好日子，把绿星建设成一个繁荣、文明、自由的星球。

新球长上任后，果然不负众望，把发展经济摆在首位，出台了一系列政策法规。谁钱多谁是英雄，谁钱少谁是狗熊；挣钱最多的披红挂彩，挣钱最少的末位淘汰；谁最会挣钱谁是楷模，谁最不会挣钱开除球籍。一时间，金钱成为衡量价值的唯一标准。

不久，绿星发生了天翻地覆的变化。地铁有了、电脑有了、机器人有了、克隆羊有了、高速列车有了、信息公路有了……应有尽有，一派繁荣昌盛的景象。按说人们应该欢声笑语、欢天喜地，可人们却端起碗来吃肉，放下碗就骂娘。

原来，人们的理想破灭了，道德沦落了，价值观丧失了，人生观扭曲了。眼里只有钱，只剩下赤裸裸的私欲、失德和腐败。一座又一座宏伟建筑成为"豆腐渣"工程；一个又一个高级官员成为阶下囚；抢劫案、强奸案、敲诈案、勒索案、凶杀案充斥着大大小小的报刊。

江河湖海散发着阵阵腥臭；珍稀动物濒临灭绝；森林乱砍滥伐；耕地逐年减少；草原逐步沙化；假冒伪劣商品无孔不入，有人甚至连自己的孩子都怀疑是假的，不得不去医院做"亲子鉴定"。

突然一天，世界末日的小道消息，以闪电般的速度在全世界600亿人中传播着。不知是人们渴望生存还是渴望死亡，没有人表现出恐慌、惧怕和绝望的症状；也没有人去想怎样拯救绿星，免遭灭顶之灾；更没有人向别的星球迁徙，进行胜利大逃亡。

后来是第400亿零6人知道世界末日来临的。后来知道后跑去告诉他的朋友，说："你知道吗，世界末日到啦！"

朋友问："你怎么知道的？"

后来说："听别人说的。"

朋友问："有什么根据？"

后来说："听说是玛雅人预言，绿星会在2012年12月21日毁灭。"

朋友问："你准备怎么办？"

后来说："正在考虑，还没有想好！"

然后，后来又问朋友："你呢？"

朋友想想说："世界末日早就该来啦！"

后来苦笑几声，又去告诉另一个朋友，说："你知道不知道，听说世界末日到了。"

后来想朋友一定会惊恐万分，不料朋友却出奇的平静，还漫不经心地说："知道知道。"

后来说："你怎么打算的？"

朋友说："我就担心世界末日来不了。"

后来问："你有那么多钱不可惜吗？"

朋友摇摇头说："没意思，没意思。"

后来再去告诉一个朋友，那个朋友听完他带来的消息，平平淡淡地说："我早盼望这天了。"

后来更加吃惊，说："你不应该这么说。"

朋友问："为什么？"

后来说："你看你当那么大官，管那么多人多好啊！"

朋友叹口气说："一点意思也没有。"

后来默默地走了，走到半路，改变回家的主意还去了另一个朋友那里。

那个朋友幸灾乐祸地说："咱是穷人咱怕什么。"

后来从人们的语气中、面色中，看出人们根本不相信玛雅人预言。

可后来却惶惶不可终日，相信世界末日真的会到来。房贷、车贷不还了，工作辞掉了，孩子也不要了。把不多的银行存款全部取出，把值钱的东西卖掉。在一个普普通通的日子，无声无息神秘地失踪。

家人、朋友和同事，找了后来很久也没有找到，都对后来突然从人间蒸发感到匪夷所思。其实，后来正在世界各地吃喝玩乐、挥霍一空。一个念头始终紧紧锁着后来的意识——世界末日快来了。后来对大难临头还麻木不仁、丝毫不信的人们，感到可笑、可叹、可悲、可惜。

2012 年 12 月 21 日这天如期而至，后来不洗脸不刷牙不起床，躺在一个简陋的旅馆里的一张破烂的床上，反反复复地自言自语：够本了，世界末日来吧！直到深夜也不吃不喝，也没有钱吃喝，后来已花掉最后一分钱。

震耳欲聋的欢呼声、鞭炮声把后来从睡梦中惊醒，后来以为来到另一个世界，跳到窗前观看，才发现人们在庆祝重生新生，世界还是老样子，绿星还是那副嘴脸！后来大吼一声："我可怎么活啊！"昏倒在地。等到老板娘催后来走人时，发现后来已浑身冰凉。

不料几天后，世界末日真的来了，绿星陷入火海之中。绿星没有被玛雅人预言言中，而是毁灭在自己手里，可怕的核战争爆发，各国数以亿枚的携带核武器的导弹，像大雨一般从天而降！绿星不知被狂轰滥炸了多少遍，不知被熊熊烈焰焚烧了多少次，直到把绿星炸为粉末，烧成烟灰！

暗　算

夏老脸色凝重地回到办公室，把门一摔，坐进沙发，头陷进柔软的沙发靠背，长长叹息。

上司要他从他这个科室中裁员 1 人。关键是裁谁呢？他谁也不想裁，谁也不想得罪。不裁还不行。"这就够照顾你啦，别的科室最低裁 2 人!"上司不容置疑的声音,至今在他耳边嗡嗡作响。

他不由自主地摸起一支笔,顺手撕下一页白纸,想了半天,写下一个:李? 马上划掉了。他忽然想起,这是一把手的侄女,动谁也不能动她!

杨? 他写下这个字,沉思良久,又重重划掉了。分管领导的亲信能动? 他喃喃自语。

赵? 他写下这个字,犹豫片刻,轻轻划掉了。这可是个谁也不敢招惹的主啊!

张? 他望着写下的这个字,苦笑几声,摇摇头,闪电一般划掉了。都怪自己把持不住,自己的那些事,他都掌握,万一去举报……

郑? 他写下这个字,划掉。划掉,又写下这个字,写了几次,划掉几次,听说郑与黑社会的人吃吃喝喝,称兄道弟。雇人行凶的事,网上比比皆是。能叫人不怕吗?

刘? 他写下这个字后,踱到窗前,雨像一支支利箭射向他,玻璃像一层坚不可摧的盔甲。他回到办公桌前,拿起笔,慢慢地划掉了。她老公是他老婆的直接领导。难道也想让老婆被裁吗?

边? 他写下这个字,点上一支烟,眼前烟雾弥漫,抽到一半,划掉了。孩子的问题,让他头痛,他正求边帮忙。

姚? 他写下这个字,脑海里一片空白,闭上眼睛,休息了好长一会,摸索着拿起笔,划掉。然后在办公室里走来走去。最后,在"姚"后面,划了一个个的零。又走了一会儿,在零的中间划一道长长的横线,变成了一串糖葫芦。他靠在沙发上迷糊一会儿,又在那串糖葫芦后面添上一连串的问号。然后,自言自语:"一个多么能干多么听话的好人啊!"

然后,拿起那页涂抹得面目全非、体无完肤、遍体鳞伤的纸,横一下竖一下地撕,一直撕成再也捏不住的碎片,扔进垃圾筒。

接下来几天,夏老对姚特别好,他有一种从心里对不起姚的感觉。姚看不出有什么异常,姚被蒙在鼓里。夏老一个劲在心里感叹世道险恶。不知不觉中,一个人已经被暗算了。

几天后,公司宣布了裁员方案,令夏老万万没想到被暗算的不是姚,而是他!

最宝贵的财富

赵一记得很清楚,那年他 8 岁,跟爹去赶集,当路过水果市场时,馋得他直淌口水。

他拽着爹的衣角说:"买个梨吃,烂的也行,我尝尝是啥味道!"

他爹抚摸一把他黄黄的头发:"咱家穷。"

他只好从地上拾起一个梨核,吹掉上面爬满的蚂蚁,放进嘴里细细地咀嚼。

他一边嚼得"滋滋"响,一边扬起脸说:"真香啊!"

那件事,给他幼小的心灵留下一生抹不去的烙印。也就是从那时起,他明白了,钱是多么重要,没钱可以饿死人,没钱可以逼死人,没钱连条狗都不如,他发誓长大后非大把大把挣钱不可的种子,就是这样埋下的。

赵一后来确实挣了钱,靠做豆腐挣的。他做的豆腐,下锅时啥样,出锅后仍是啥样,不碎不烂,吃到嘴里格外香。"赵家豆腐"闻名遐迩,名扬四方,供不应求。

尽管他有的是钱,自己却舍不得吃,舍不得喝,舍不得花。但有一个人却例外,那就是他的儿子。因为他永远忘不了他的童年。

当他快要装满第三麻袋时,离开了人间,钱也就变成废纸。

赵一的儿子赵二躺在麻袋上哭了三天三夜,在一个月黑风高之夜,一走了之,从此,生不见人,死不见尸。

赵二的儿子赵三有心一把火焚之,又觉得对不起爹一辈子的心血,就悄悄地藏在一处闲屋里。

赵三过惯了纨绔子弟、衣来伸手、饭来张口、寄生虫似的生活,一下子从天上掉到地上,过不下黄连般的日子,渐渐染上打家劫舍偷鸡摸狗的恶习,让人家打断一条腿。

赵二也回家了。

赵三从小爱收藏糖纸、烟盒之类的物件,大些又喜爱古钱币。渐渐攒下两大册子。

一天,赵三拿出来炫耀。

赵二说:"啥破玩意,不能吃不能喝!"

赵三说:"这你就不懂了。"接着,他就头头是道地对爹讲,这一张值多少钱,那一张值多少钱。

赵二听得目瞪口呆:"真的?"

赵三说:"真的。"

赵二说:"咱家有的是这玩意。"

赵三不信。

赵二就把他领到那处闲屋里,指着那三个麻袋说:"你拆开看看!"

赵三拆开一看，大喜过望，连连说："我们家要发财啦！"

一夜之间，赵家从穷光蛋变得富得流油。

有了钱，赵三不再收藏了，整天在外花天酒地、寻欢作乐、不务正业。直到吸毒、贩毒，最终被判死刑。

赵三死后，赵二把近亿的钱全部捐给社会。赵二奄奄一息之际，他孙子赵四爬到病床边说："爷爷，那么多钱你怎么不给我留下啊？"

赵二大口大口喘着气说："你长大后，别因为穷而悲伤。对于一个普通的人来说，没钱正是好事。一辈子什么也不想，就想着挣钱，挣钱来干什么？挣钱吃饭，挣钱穿衣，挣钱养家糊口。要想挣钱就要劳动，劳动有时虽然劳累，但却使你充实，使你健壮，使你心无旁骛，笃定专一。想想这是多么快乐有意义的事情。假如让一个胸无大志的人，生而有钱，真是害了这个人，他只想着怎么玩，什么好玩，玩什么，直到玩死。假如人人生而有钱，人人在玩，人类不会进步，世界不会变化。所以，上帝在创世之初，早就深思熟虑，必须让大多数人贫穷，让大多数人终日劳碌。想想也很可笑，人类因为钱的驱使，在前边千辛万苦地建设，上帝在后面微笑地跟着，当看到人类把城堡建起来时，便伸出一只手推倒。人类只好又在一片废墟瓦砾上重建。不然，人人闲着可不是件好事。人人闲着会乱得上帝也管不过来！假如日后你通过劳动挣来很多的钱，你也别用来挥霍享受，去施舍、去资助、去捐款！当你衣食无忧的时候，千万不能沦为钱的奴隶，当守财奴，要去成名成家，政治家、科学家、作家、画家……都可以！你会从中体验到生命的乐趣、生命的意义、生命的价值！记住，将来假如你有了很多的钱，当你发现你的孩子胸有大志，你就把钱留给他，当你发现你的孩子胸无大志，你一分钱也别给他留下，让他自己去做一辈子挣钱的游戏吧，让你的孩子在困苦中得到升华！这就是我留给你最宝贵的财富！"

你会变成什么鬼

一

那时候，我还是个小孩。我家住在村中央。我常去别人家找小伙伴玩，小伙伴常来我家找我玩。我对小伙伴的大人们很熟，小伙伴对我家的大人也很熟。我在家排行老小，父母生我时，都50多岁了。

本来我不怕鬼，可是我喜欢听故事。有一天晚上，我听了一个毛骨悚然的鬼故事后，我开始害怕鬼，甚至一听到鬼这个字眼就害怕。是不是世上本无鬼，听鬼听多了就有鬼？

令我吃惊的是越怕啥越来啥。我发现左邻右舍家里都有鬼。我还怀疑村里家家户户都有鬼。

一天，我去王大爷家找小伙伴玩，刚走进院子里，就听到屋里王大娘大呼小叫的声音："死鬼！死鬼！"吓得我撒腿就跑。跑到胡同口，心还在狂跳。我远远地望着王大爷家的大门口，看看鬼出来会是个什么样子。等了半天也没见鬼出来。我想再去别人家找小伙伴玩，又不死心鬼究竟是什么样子，便小心翼翼地向王大爷家靠近。一直走进屋里，也没有看到鬼。屋里只有王大爷和王大娘。王大爷躺在炕上，蒙着头。王大娘凶神恶煞地叉着腰，一个劲地骂:"死鬼!死鬼!你说你死到哪里去啦?"我溜了出来,怎么也想不明白,王大爷怎么会是死鬼呢?

一天晚上,我在外面玩到很晚才回家。还没等进屋,就听见娘在骂:"酒鬼!酒鬼!"我很害怕,心想鬼又跑到我家里来了。我胆战心惊地推开门,也没看见鬼,只看见我爹趴在炕沿上吐,我娘在骂:"你整天就知道喝、喝、喝,快变成酒鬼了!"父亲一句话也不说,除了吐就是叹气。我突然害怕起来,心想这么多年难道父亲是个鬼?

一天,小伙伴们在村西南的树林玩捉迷藏,玩累了,围在一块休息。

我说:"你们怕鬼不?"

小伙伴都说:"怕。"

我又问:"你们见过鬼吗?"

"没见过。"小伙伴说,"你见过?"

我说:"那天我到王大爷家,王大娘叫王大爷是死鬼。王大爷到底是人还是鬼?还有,最近我才注意,我娘经常说我爹是酒鬼,我爹究竟是人还是鬼?"

没想到,我刚说完,小伙伴们七嘴八舌说起来。

国庆说:"我爹是烟鬼,我娘都是叫我爹烟鬼。"

红叶说:"我爹是馋鬼,我娘叫我爹馋鬼。"

社子说:"我爹是懒鬼,我娘总是骂我爹懒鬼。"

小发说:"我爹是穷鬼,我娘说我爹是穷鬼。"

栓子说:"我爹是吝啬鬼,我常听有人这么说我爹。"

"好好一个人,怎么都变成这鬼那鬼了呢?"

"是啊。"

二

小桂是我的好朋友。

我结婚的时候,他送我一块表。我把它挂在客厅东墙的中央,走进我家首先映入眼帘的就是那块表。有人来我家串门,还问:"你在哪里买的这块表,这么好看!"我总是自豪地说:"是我的好朋友送的。"我俩还是对桌,上班在一块儿,下班也在一块儿。管我们的那个人,道德败坏、品质恶劣。我俩在一块时,小桂动不动就骂他,骂得他体无完肤、禽兽不如。

有时我也附和着骂几句。

几年后,小桂成了我的科长。尽管我还是把他当作朋友,可是,小桂却不把我当作朋友。

不但如此,他还时不时讥笑我没出息,羞辱得我面红耳赤、无地自容。

有一天,我冒着大雨去上班。路上淌满了水,我一手扶着自行车,一手打着雨伞。一辆轿车擦着我驰过,溅了我一身水,我恼怒地骂一句:"谁这么缺德!"仔细看一眼车牌号,原来是小桂驾驶的车。

噩耗传来的时候,人们难以置信。夜里小桂酒后驾车,超车时,与一辆大货车迎面相撞,小桂当场死亡,车里还有两个身份不明的女人。

我感到很惋惜,很痛心,小桂还很年轻,小桂还很有前途。

岂料,很多人不但不惋惜,还都很高兴,很开心,很解恨,说他本来就不是人。

我听见,就驳斥说:"他人都死了,你们还咒骂他干什么?"

别人说:"他死晚了,早该死!"

我想起我们毕竟以前是好朋友,就同人家吵。

一个人这时候说:"你这个傻瓜,到现在还蒙在鼓里,他把你害惨了,你还护着他!"

我说:"不可能,他为什么要害我,再说我们还是好朋友。"

另一个人说:"因为你们各方面条件都相当,不害你,他怎么能上去。"

我还是不相信,又问:"他怎么害我,你们说说看。"

一个人说:"你结婚时,他不是送你一块表吗?那叫送终(钟)。你俩每在一块骂完领导,他总是偷偷添油加醋去汇报。另外,他还说你经常出入洗头房、歌厅、夜总会等娱乐场所。"

我刹那间明白了一切,我不相信人世间还有这种人,气得我头晕目眩、脸色煞白。

还没等我说话,又有一个人说:"他不但害你,谁他也害!"

人们再提起他时,连他的名字都不叫,而是说小鬼怎么样怎么样。

有一天夜里我做梦梦见他,吓出一身冷汗。

妻子问:"你怎么啦?"

我惊恐不安地说:"梦见鬼了!"

三

多年以后,那帮孩子们分别变成了脏鬼、贪鬼、烟鬼、酒鬼、死鬼、穷鬼、色鬼、馋鬼、懒鬼、吝啬鬼、赌鬼……

一个游荡在地球上的幽灵

幽灵很穷,穷得皮包骨头。

幽灵看到有人很富,富得红光满面。

幽灵百思不得其解,为什么我这么穷,有人那么富?

有一天,幽灵很饿,饿得要死,幽灵想,反正快饿死了,不如去抢点东西吃,能抢来更好,抢不来拉倒。幽灵就去抢,结果不但没抢到,还被人打个鼻青脸肿。幽灵不敢去抢,但肚子坚决不同意,说你不去抢我打死你,说完在他的肚子里左右开弓,打得隆隆响。打得幽灵实在受不了,幽灵就又萌生去抢的念头,还想,能抢到东西吃,被人打死也值,死也当饱死鬼,不去抢活活饿死,是饿死鬼。

俗话说,软的怕硬的,硬的怕横的,横的怕不要命的,幽灵不要命地抢,被抢的人当然要命。幽灵抢到了吃的,吃得津津有味。吃完,幽灵就等人来打死他。幽灵等啊等啊,等了很长时间,没人来打他,等得又很饿,幽灵就又去抢。

那些没去抢的穷幽灵,饿死一个又一个。幽灵竟活了一天又一天。别人就问幽灵,咋弄到东西吃的,幽灵就把自己的经验告诉别人。有人开始效仿他,效仿他也去抢,也活下来。抢的人越来越多,幽灵抢来的东西越来越少,越来越难抢。

一天,幽灵把穷幽灵召集起来说:"这么抢下去,名不正言不顺。我们永远是贼,永远是过街老鼠人人喊打,最后倒霉的是咱们,一定会被打死。"

穷幽灵们异口同声问:"那你说怎么办?"

幽灵咳嗽两声说:"不如这样,咱们穷人们团结起来,一块干,最终目标是抢夺富人们的财产,咱们穷人们平分。富人们肯定要反抗,谁反抗就杀死谁,不然,抢不到东西。当然最重要的是,我们还要有响亮的口号。"

有的穷幽灵迷惑不解地问:"抢就抢吧,为什么还要有口号?"

幽灵说:"就是要号召所有的穷人跟着我们一起抢,这样一来,我们穷人是富人的几十倍,才能取得最后的胜利,不然打不过富人。更重要的是,让所有的人觉得我们抢得对,抢得有理,我们是正义的。"

有的穷幽灵说:"喊什么口号好呢?"

幽灵说:"大家好好想想,起一个令人信服的口号。"

穷幽灵们七嘴八舌地说着各种各样的口号,最后穷幽灵们商定的口号是:"大地为公,有饭同吃,有衣同穿。"

这时,幽灵又说:"要想干,得有个头,群龙无首怎么干?"

穷幽灵们一致选他当头,他说:"那好,我就当头。什么时候看我不行,就换。"

幽灵当上头,又任命几个中头和好多小头。

穷幽灵们就在幽灵的统一指挥下去抢,跟着他们抢的人还越来越多,直至把富人们的东西全部抢光。当然他们杀死好多好多的富人,他们也死了好多好多的人。最早那些跟着他抢的人,基本都死光。

穷幽灵取得最后的胜利,穷人说咱们胜利了,咱们开始分吧,咱们这么多年抛头颅、洒热血的目的不就是"大地为公,有饭同吃,有衣同穿吗"?

幽灵说:"我问大家几个问题,如果大家觉得有理就听我的,如果觉得没理就听大家的。"

穷幽灵说:"你说说。"

幽灵说:"是谁第一个抢的?"

有幽灵说:"是你。"

幽灵说:"是谁第一个组织大家抢的?"

有幽灵说:"是你。"

幽灵说:"是谁指挥大家抢的?"

有幽灵说:"是你。"

幽灵说:"现在我们胜利了,怎么分应该谁说了算?"

安插在人群中的他的几个心腹大声说:"应该你说了算。"

幽灵说:"我们应该论功行赏,按劳取酬。"

有幽灵支持,有幽灵反对。

幽灵说:"既然意见不一致,咱们先搁置争议,研究几天再定。"

在接下来的几天夜里,幽灵进行血腥的屠杀,把凡是反对他的幽灵都以种种莫须有的罪名统统处死。

幽灵完全掌握了话语权。掌握了话语权的幽灵就论功行赏。幽灵论功行赏的原则是,首先他自己占有的财富最多,其次是他的亲人们,再其次是他的死党们。这样分配的结果是极少数人占有绝大部分的财富,绝大多数人占有极小部分的财富。这点从女人身上就体现得淋漓尽致,他自己拥有几千佳丽,不少兵士却讨不到一个女人。

幽灵现在很富,富得红光满面,很富后的幽灵看到有人很穷,穷得皮包骨头。幽灵还看到,富的人很少,穷的人很多,幽灵忽然好像明白了什么,明白了什么的幽灵只是笑了笑。

一日,在世界的一个角落又诞生一个新的幽灵。

幽灵很穷,穷得皮包骨头。

幽灵看到有人很富,富得红光满面。

幽灵百思不得其解,为什么我这么穷,为什么有人那么富?

有一天。幽灵很饿,饿得要死,幽灵想,反正快饿死了,不如去抢点东西吃,能抢来更好,抢不来拉倒。幽灵就去抢,结果不但没抢到,还被人打个鼻青脸肿。幽灵不敢去抢,但肚子坚决不同意,说你不去抢我打死你,说完在他的肚子里左右开弓,打得隆隆响……

后来人们知道了幽灵的名字叫皇帝。

为什么我的眼里常含泪水

虽然过去几十年,我的眼里依然常含泪水。

当时,村里来了个卖瓜的,满满两箩筐甜瓜散发着诱人的香味。很多人围着卖瓜人讨价还价地买。我经常见有的孩子夹在人群中,趁瓜农不注意,偷偷拿瓜。我以前从来没拿过,这次,我鬼使神差偷了一个瓜,跑回家,举着瓜冲爹炫耀,没想到爹一把抱起我,横在他腿上,抡起巴掌,狠狠打,一边打一边说:"小偷油大偷牛,你知道吗?"我一边哭一边喊:"我再也不敢了,再也不敢了。"我记得那是父亲最凶的一次,也是我哭得眼泪最多的一次。

在我眼里父亲是渺小的、猥琐的。

我看不起父亲的原因,再简单不过,熬了半辈子,不会请客送礼、拉关系、找靠山，什么都没混上。

我羡慕小学的一个同学，父亲是单位的一把手，虽然成绩没我好，照样上名牌大学，而我名落孙山。我羡慕初中的一个同学，父亲是一个系统的老大，虽然没我优秀，照样进好单位，而我进了一家勉强发出工资的厂子。我羡慕高中的一个同学，父亲是一位赫赫有名的大老板，虽然没有我能干，照样住豪宅，开豪车，而我只能还房贷、车贷。我羡慕一个朋友，父亲是……

我曾经忍无可忍地刺激父亲："看看人家的父亲！"

父亲总是憨厚慈祥地笑笑。有时，我分明看见父亲扭过头时，眼里渗出的一层泪水。

往年过年，家里冷冷清清，突然有一年过年，家里拜年的人络绎不绝，还不空着手，总是往娘和我手里塞压岁钱。我爹总是让我娘一笔笔记好，过完年再让我娘一笔笔送回去。原来，我爹当上领导了。

过了几年，年三十晚上，父亲喝醉后，哭了。那是我唯一一次见父亲流泪。年初一，我家里又恢复原来冷冷清清的样子。原来我爹不会吃、拿、卡、要、拍马屁，职位被别人顶了。

我发誓绝不做父亲那样的人，一定干出一番轰轰烈烈的事业，让全家人过上风光的日子。

我从踏进厂子的那一刻起，便憋足劲，一定出人头地。

我见到领导满脸堆笑，点头哈腰。瞅机会，我非常委婉地说，希望领导提拔提拔。领导也非常委婉地说，要想得到提拔，必须工作成绩特别突出。

我把领导的话铭记在心，埋头苦干，任劳任怨。几年下来，我收获一大堆荣誉称号。我抚摸着那一个个红彤彤的证书，很激动，心想这回总算有高升的资本了。

我就去找领导。不料，领导又说我没有文凭。

我想想也是，这年头没有文凭怎么行呢？

回去后，我便刻苦学习，废寝忘食。几年后，我捧回梦寐以求的高等教育学历证书。我想这回总算熬出来了。

我就又去找领导，不料，领导又说条件不成熟。我还想问问什么条件，又怕把领导问恼，便没敢多问。

别人说让我自己琢磨，我终于悟出，当官起决定因素的不是别的，而是关系。我是外地人，要想有关系，只有靠送礼。

我开始送礼，烟、酒、糖、茶……我把辛辛苦苦省吃俭用挣的钱，用来送礼。

这时，父亲却一再对我说："老实人常在，好人终有好报。"

我反驳说："现在老实人吃亏，太清廉了行不通。"

我的诚意终于打动领导的心，答应下次竞聘时，一定提拔我。

这一天终于盼到，按程序进行演讲、答辩、投票。可结果却是竹篮打水一场空，我因得票少，落选。更令我意想不到的是，原来领导那是给我摆的空城计，根本就没打算提拔我，主要原因还是我身后没有个"能爸爸"，对他没有用处。直到这时，我才恍然大悟，为什么没有当众唱票，公布票数，而是抱走投票箱。

我感到奇耻大辱，在家卧床不起。感觉四大皆空，万念俱灰，眼泪不住地流。

父亲走到我身边说："我都知道了，孩子！我似乎又看到当年的我，其实谁不想干一番事业，谁甘心屈于人下？你从小可能看不起我，我从来不谈希望你将来成为多么了不起的人物，其实我那是不想让你活得太累，不想给你太大的压力！想开点孩子，名利都是身外之物，生带不来死带不去。苦也罢甜也罢，好好活着才叫伟大！穷也好富也好，做个好人才叫好！"

多年以后,我同学的父亲和我的同学,因贪污腐败锒铛入狱。我同学的父亲和我的同学,因债台高筑下落不明。我同学的父亲和我的同学,因坑蒙拐骗家破人亡。我的同学的父亲和我的同学,因不务正业一贫如洗……

只有像我和我父亲一样的人,像原野上的野草,静静地绽放,开出绚丽的花朵。

这时,人们都说,我和我父亲才是最有本事的人。我眼里蒙上一层泪水,有些事情,需要用一生去努力,才明白啊。

无门之城

最早的时候,你没有钱,也没有家,就是一个捡破烂的。所谓的家,就是旷野里的一个窝棚。天亮时夹着一个脏得看不出颜色的塑料编织袋子,像条狗一样钻进遥遥在望的城市,围着一处又一处垃圾箱嗅来嗅去,能卖钱的装进袋子,不能卖钱的踢几脚。傍晚背着破烂走进废品收购站卖掉。隔几日把卖破烂的钱买回粮食。晚上倒头便睡。门,是一扇没有锁用草扎的门,为防止风吹雨淋外面裹了一层塑料布,夏天图凉快,你经常敞着门睡。

不知从什么时候开始,那个遥遥在望的城市一点点变高,一点点变大。城里的人好像不过日子似的,往外扔的破烂越来越多,越来越新,越来越值钱。你每天捡到的破烂多得背不动,就买上一辆自行车,几年后,自行车载不了,换上一辆摩托车。后来,你又卖掉摩托车买上三轮车,连捡破烂带收破烂。城市越扩越大,占领了你的窝棚,你也占领了城市一户楼房。

把钱整天装在身上显然不妥,把钱放在家里又担心被盗,如果存在银行里肯定万无一失。那可是你靠捡破烂省吃俭用积攒下来的钱。全家老小就指望那点钱,孩子上学、老人养老、家人生病……不过,你还是怕存单被盗,就花了几千多元钱,安上最安全最坚固的安全门,钥匙带密码的,据说绝对万无一失。

国庆长假,你领着老婆孩子,第一次去远方旅游。回来后却无论如何打不开门。你找来修锁的,帮你打开门,一下子惊呆了——家里被翻得乱七八糟,满屋狼藉。其他什么都没丢,唯独丢了那张十几万元的存单和户口簿。

你慌慌张张跑到存钱的那家银行说:"我和家人旅游回来,发现家中被盗,一张存单不见了。"

柜台里面一位文质彬彬的先生不慌不忙地问:"存单是定期的还是活期的?"

你说:"定期的。"

他说:"到期没有?"

你说:"还没。"

他说:"身份证丢没丢?"

你说:"没有。"

他说:"那你放心吧,可办理挂失。"

你松口气说:"谢谢。"

他问:"你的姓名?"

你说:"王强。"

他说:"你稍等,我用电脑查查。"

他查了半天说:"你这张存单已被提前支取。"

你说:"绝对不可能,同去的人可以为我作证。"

他说："真的已支取。"

你说："在哪里支取的?"

他说："反正不是在这里。"

你问："到底在哪里?"

他说："我们这是家全球性的大银行,为了给客户提供方便,在我们系统内全球哪个网点都可以凭身份证、存单提前支取。"

你说："这事该怎么办呢?"

他说："你只能去取款的网点找。"

你说："麻烦你给我查查在哪个网点取的款。"

他说："你几天后来吧,查起来很费事。"

这天,你万里迢迢赶到取款的那个网点。

银行人查了半天说："确实有一个叫王强的人凭身份证、存单,支取的存款。"

你说："我还有密码呢? 存单上。"

银行人说："办理的密码挂失。"

你说："我才是真人,真身份证?"

银行人说："谁知道谁是真的谁是假的。"

你说："那怎么办?"

银行人复印一份那人的身份证,递给你说："去警察局报案吧。"

你只好去警察局。警察在微机里查了一阵子,说："根本没这个人,身份证是造假证的人造的假证。"

你感到一阵眩晕,跌倒在地上……

你被抢救过来后,不知道为什么,没有了一点安全感,心惊肉跳、心惊胆战、战战兢兢。

感到最安全的,还是多年前那个无门的窝棚。

生活公交车

每天,她和他早上坐公交车上班。

她乘 29 路往西去,他乘 38 路往东去。一去一天,晚上,她乘 29 路从西面回来,他乘 38 路从东面回来。黄昏时分,俩人踏着夕阳手挽着手喁喁私语。虽然工资都不高,却也夫妻恩爱苦也甜。

也许是上帝嫉妒她和他太恩爱,所以给他们出了一道难题。

美国金融危机,她失业了。

她确实有点措手不及招架不住,抚摸着一大摞荣誉证书难过得要死。难过归难过,她在丈夫面前一点都不流露,像没事一样。早上照样去上班,只是下车后,便沿着人行道踯躅,看着一个个出出进进上班的人,羡慕不已。她想自己要是有个单位上班该多好啊! 这时候她才开始深刻思考为什么那么多人,强迫自己的孩子努力学习,考一个好大学,找一个好单位。

她在人行道上徘徊几天后,拿一个马扎坐马路边上给人擦皮鞋,擦一双几元钱,又有什么办法呢? 刚开始总是低低地勾着头,还戴个口罩,生怕熟人看见,一旦碰见简直难为情死了。慢慢习惯了,她不再低着头,一点一点地抬起头,皮鞋也擦得又快又亮。

还是在每月发工资的日子,她把辛辛苦苦挣的钱拿回家,交到丈夫手里。

他问:"你怎么黑了瘦了?"

她笑笑说:"工作太忙。"

他心疼地说:"再忙也要注意身体。"

她差点泪如泉涌,赶忙背过身去装作拿东西。

欧洲经济危机,他失业了。

尽管心情沉重,他却装出一副若无其事的样子。他不愿给妻子的心灵上蒙一层阴影,他希望天天看到她快快乐乐的样子。

他找了个没人的地方,一边流泪,一边咀嚼多年以来,自己勤勤恳恳兢兢业业的日子。男儿有泪不轻弹,只因未到伤心处。他感叹完生活的残酷,命运的多舛,开始琢磨该干点什么。他发现自己除了有一颗善良的心之外,什么都没有。他突然想起小时候,曾经跟着爸爸修皮鞋,便找了个地方修鞋,在那里碰不见熟人,尽管碰不见熟人,他还是把头低得与身体成一个直角。

也是在每月发工资的日子,他面带笑容把辛辛苦苦挣的钱拿回家。

她说:"你的手咋变得这么粗糙?"

他笑笑说:"换了一个工种。"

她说:"别累着。"

他掉过头去说:"没事,没事。"

他和她还是和往常一样,早上分手去上班。她乘 29 路往西去,他乘 38 路往东去。一去一天,晚上,她乘 29 路从西面回来,他乘 38 路从东面回来。黄昏时分,两人踏着夕阳手挽着手喁喁私语。

只是,他不知道她在给别人擦鞋,她也不知道他在给别人修鞋。在他修的无数双鞋中就有她擦过的鞋,在她擦过的无数双鞋中就有他修过的鞋。

多年以后,他成为这座城市的修鞋大王,她成为这座城市的擦鞋大王。

一年,市里召开"自强不息再就业"表彰大会,她早早去了,他也早早去了。两人见面大吃一惊,他红着眼圈说:"原来擦鞋大王就是你?"她热泪盈眶地说:"原来修鞋大王就是你?"

天下父母

一

杨大娘背着一大袋家乡特产花生风尘仆仆地进城看孙子。

一见面,杨大娘脸顾不得洗,先抓一大把花生往孙子手里塞,岂料孙子一甩小手:"早吃够了。"弄得杨大娘好尴尬。

晚上,儿媳撂下饭碗出去,很晚才回家,孙子早早睡了。杨大娘守着儿子千年的万年的七十三八十四唠叨了一大堆。净说些以前日子艰难不像现在日子好过,养活个孩子这么松缓的话。说着说着笑了,笑着笑着哭了,弄得儿子左也不是右也不是。

第二天是星期天。吃罢早饭,儿子提议全家到街上转转,到商场逛逛,让老人开开眼界。老少四人随着人流在街上东飘西荡了大半个上午。最后走进商场。浏览完一楼爬到二楼,往右边走是"老年人用品",儿媳往左边"少儿玩具"一指:"那边没啥看头,来这边看看。"孙子第一个冲过去指着一支金灿灿的冲锋枪喊:"我要枪! 我要枪!"儿子说:"家里不是有么。"儿媳接话:"早叫他摔坏了。"杨大娘赶忙颠过去,掏出一块脏旧的手绢一层层打开,拿出一张百元钱说:"咱买,咱买。"孙子挎上冲锋枪边跑边喊:"奶奶好!奶奶好!"儿媳冰冷的脸上见笑了,儿子也嘿嘿两声,杨大娘更是合不拢嘴。

一家人高高兴兴步出商场,儿媳和孙子去上厕所,杨大娘掏出一张一百元的钱往儿子手里一塞:"你媳妇管得你严,你留着买点东西什么的!"

二

孩子的几颗乳牙都掉了半年多,还没见长出新牙。

星期天,妈妈领着孩子去医院看病,医生说:"缺钙,多给孩子喂点排骨头汤。"

从医院出来,妈妈领着孩子直奔菜市场,讨价还价买上几斤排骨,洗净,放进高压锅炖。

一边炖排骨,一边做饭。不长时间,高压开始往外喷气,越来越急,顶得高压锅上面的铁帽一上一下,声音也很响,像拧开一个液化气罐。

这时,孩子突然跑进厨房,说:"妈妈,什么响?"

妈妈往后拧着脖子大声说:"快出去,危险!"

孩子吓一跳,跑了出去。

排骨炖熟后,不料孩子嫌腻,不吃。妈妈想出一个办法,每天早上用排骨汤下面条给孩子吃。

第二天早上,面条做好后,孩子果然挺爱吃,妈妈很高兴。

炖一次排骨,下3早上面条。

第4天,妈妈便又买回几斤排骨,用高压锅炖。正在高压锅很响的时候,孩子又跑进厨房,妈妈一见,扯着嗓门喊道:"快出去,危险!"

孩子从没见妈妈发这么大火,溜了出去。

一连几个月,妈妈隔几天就买回几斤排骨用高压锅炖。每次高压锅像汽笛一样响起时,孩子总是好奇地跑进来,妈妈每次都大声斥责:"快出去,危险!"可孩子还是往厨房跑。最后,妈妈不得不关死门,一个人躲在厨房里炖排骨。

这天,妈妈关着门炖排骨,孩子在房间做作业。

突然,"嘭——"一声从厨房里传出一声巨响,把孩子吓了一大跳。

孩子放下铅笔,往厨房里跑,看看到底是怎么回事。

孩子跑进厨房时,立刻吓呆了,妈妈被炸得面目全非,但是,妈妈还是用上最后的力气说:"快、快、出、出、去……危、险……"

外星上的银行

踏上绿星的土地,我很兴奋,很激动,真的来到另一个陌生的世界。

工龄一年以上十年以下,一周的年休假;工龄十年以上二十年以下,两周的年休假;工龄二十年以上,三周的年休假。我这个三十年工龄的老员工,决心利用今年这个假期,乘坐航天飞机去绿星旅行。也作为一次实地考察,从网上看到,一名外国人移民绿星,据说绿星上人的寿命是地球人的十倍,能活一千年。

这天中午,我决定去一趟银行。我的一个同事喜欢收藏钱币,走的时候千叮咛万嘱咐,要我给他捎回绿星上的钞票,越多越好。再说我自己就是银行员工,正好顺便看看绿星上的银行是什么样子,满足自己的好奇心。

绿星上的银行不难找,最好的建筑莫过于银行了。刀形的,像竖着的一把大刀,直插云霄。人形的,像一个巨大的人字形,高耸矗立。树形的,像一棵参天大树,顶天立地。银行个个金碧辉煌,巍峨壮观,一个比一个气派。

我走进一家镶着红色大理石的银行。营业大厅很大,人声鼎沸,摩肩接踵,有坐着的,有站着的。

进门后,一个黑眼圈的男人,问:"你办什么业务?"

我说:"换钱。"

他又问"换多少?"

我想了想说:"几千。"

他把我引到排队机前,在屏幕上敲一下,排队机吐出扑克牌大小的一块纸,他递给我说:"等着吧。"

我看看纸上的号码,第 326 号。我说:"这什么时候能排上队?"

他说:"那没办法,先来后到。"

我说:"我有急事。"

他说:"你前面的人都有急事,有赶火车的,有赶飞机的,有缴费的,有进货的。谁不着急?"

"这麻烦啦。"我边说边往柜台前面走,看看办业务快不快。柜台前的情景真让人目瞪口呆,偌大的柜台内空荡荡的,里面只有一个又瘦又小的女孩办业务,动作慢得就像电影里的慢镜头,半天办不了一笔业务。过了一会儿,来了一个又高又胖的女孩办业务,愁眉苦脸的样子,叫人有世界末日的感觉。瘦女孩放上一个暂停服务的牌子,一边接手机一边往外跑。看那样子怕跑慢了,跑不了似的。

柜台外,有人大骂,有人大吵,有人发牢骚。

我的手机响了,领队问我换上钱没有,我说:"还早呢! 得再排一小时的队,等等我!"

我看到大厅里站着好多银行的人,奇怪他们怎么不进去办业务,都站在外面干什么?

我走到一个衣服很新的人面前说:"我有急事,麻烦你进去给我换钱好吗?"

还没等那人说话,旁边一个漂亮女人说:"这是我们行长,行长不能办业务。"

我对漂亮女人说:"那麻烦你去给我办理这笔业务。"

一个头戴大盖帽腰扎武器带的男人说:"她是我们副行长,也不能办业务。"

我说:"你能办吗? 你办也行。"

他笑笑说:"我是保安,我更不能办。"

我又走近一个矮女孩,说:"麻烦你给我办办吧。"

她说:"我是银保员,办不了。你买份保险吧。"

我朝远处一个挺黑的女孩走去,停在她面前说:"你能不能进去给我换钱?"

她说:"我是直销团队的,不能办。"

手机又响起,还是催我快回去,我说:"还没排上,我正在想办法。再等等我!"

我看见对面一个房间敞着门,一个大眼睛的女人坐在里面没事,我走进去说:"请你给我换钱好吗? 我真的有急事!"

"我是个人客户经理,不能办业务。"她连看也不看我一眼,说这句话的熟习程度,比相声演员说绕口令还快。

我从房间里出来,看到远处包厢一个细眼睛的男人在看电脑,就挤到他面前说:"请你给我办理业务吧。"

他瞥我一眼,说:"什么业务?"

我满脸堆笑低三下四地说:"换几千元钱。"

他半天才慢吞吞地说"我这里不能办现金业务,只能办非现金业务。"

我万般无奈在人群里挤来挤去,最后挤到黑眼圈的男人面前说:"求求你,给我换换钱,一大群人都在等着我呢!"

他说:"我是大堂经理,不能办业务啊。"

我说:"你们这里怎么这样? 外面站着一堆人,里面只有一两个人办业务,像看耍猴似的。这么多顾客在排队,你看,人都排到门外去了。"

他笑笑说:"我们看着也不顺眼,但也没办法,一个网点配备多少人,设多少岗位,每个岗位干什么,都有明文规定。"

我说:"规定是死的,人是活的,你们就不会根据实际情况,灵活一点吗?"

他说:"万一发生问题,谁负责任? 谁愿意承担不怕一万就怕万一的风险呢?"

这时手机再次响起,再三催促我快回去,我盯着大厅里很醒目的"顾客就是上帝"的牌子说:"算啦,你们走吧,别等我了,你们去玩吧。这个星球的银行怎么这样呢? 我倒要看看,我这么一笔简单的业务,什么时间能办完!"

逃离星球

多年以后，我完成梦寐以求的愿望——移民绿星，成为绿星的正式公民。除了那次去银行换钱，让我不满外，我对绿星印象好极了。地球已人满为患，污染严重，资源枯竭，有关世界末日和地球爆破的预言，层出不穷，闹得人心惶惶。各国争先恐后地发展核武器，并动辄扬言以核武器攻击。

我买完生活用品还余下部分积蓄，决定拿出一部分存到银行，还能有点利息。

我刚进门，银行的大堂经理，微笑着迎上来："大姨您好，请问您办理什么业务？"我说："我存钱。"大堂经理笑得更甜："存定期的还是活期的？"我想了想说："存定期的，要用时拿着身份证能取吗？"大堂经理说："能，大姨你来这边填个单子吧。"大堂经理把我叫到大堂台前，拿出一张纸说："大姨，要不你存成这个吧。"我问："这个是啥？我不懂。"大堂经理说："这个和银行存款差不多，是银行和保险公司推出的理财产品。每年有保底和分红，收益比存款高。"我说："还有这么好的事？"大堂经理一边给我倒水一边对我说："有，并且还有保障呢。我这么跟您说吧，天有不测风云，人吃五谷杂粮。"大堂经理微笑着看看我，我点点头。她继续说："没有不生病的，到时候支付10倍的病故险。"我说："噢。你们这里就是好。"她用手在那张纸上指着说："大姨，麻烦您在这里签个名，好。在这里签个名，对。再在这里签个名就行了。然后,您就在这里坐着等着,我去帮您办,办好了,给您拿过来。"我有点受宠若惊的感觉,笑着说:"那就麻烦你了,姑娘。""不麻烦,应该的。"她话没说完,人已经跑到柜台前。我举着手里一个方便袋,跟过去说:"姑娘,钱,钱,还没给你钱。"她笑着折回来,接过去说:"大姨,你在那坐着,喝杯水。"过了一会儿,她拿着一个像结婚请柬模样的硬壳纸,小碎步跑回来,微笑着递到我手里说:"大姨,办好了。您拿好,别丢了。"我拿在手里看了看说:"这就是存单?"她点点头,一边搀扶着我往门走 ·边说:"对,这就是存单。您收好了,走好。"

天有不测风云,没想到一月后,老伴生病住院,急需用这笔钱。我拿着那张存单,急匆匆赶到银行取那笔钱。我把存单与身份证递给柜员说:"取钱。"那个柜员接过去看看,说:"不能取。"我愣了,说:"为啥不能取? 我的钱为啥不能取?"柜员说:"你非要取的话,一万扣三千,你这十万要扣三万,你还取吗?"我问:"怎么扣这么多?"柜员说:"你这是份趸交的保险,二十年后才能取。不到期取,当然扣钱很多。"我差点没摔倒,说:"二十年? 我不知道还能不能活二十年。"我号啕大哭起来。

这时,那个大堂经理跑了过来,扶起我,说:"大姨,别哭,有什么事来这边跟我说。"我跟着她走进一个房间,把急需用钱的事说完,说:"我存钱时,你也没说二十年期限啊。"她说:"大姨,你急用钱咱还有办法。"我问:"有什么办法?"她说:"可以用你的保单贷款。"

我问:"贷款,谁交利息?"她说:"当然由你来承担。"我说:"那不行,是你动员我存成保险的。我要投诉、上法院告你。"她笑笑说:"投诉没用,告也告不赢。因为有你的签字,并且还有你的录音。"我说:"我怎么办? 我在这里举目无亲。"她说:"那没办法。"我说："那我就缠上你了，你走到那，我跟到那，你吃啥我吃啥。反正是你动员我存成那个的。"不料，我这么一说，她脸有点发白，过了一会儿，哀求着说："大姨，你就饶了我吧，我也是没办法。"我说："什么叫没办法？你这不是忽悠人吗？"她说："不是我愿意忽悠你，我们银行现在是凭营销业绩发工资，业绩越好绩效工资越高，业绩越少绩效工资也越少。我总不能饿死吧？再说我不让你存成那个，别人也会让你存成那个。这家银行不让你存成那个，别的银行也会让你存那个。在这种机制下，什么职业道德、良心、规定，都没有用。唯一有用的就是钱，钱越多日子越好过，钱越少日子越难过。有钱人过着天堂般的生活，没钱人过着地狱般的生活。在这里人们的理想是钱，奋斗目标是钱。不光银行，你看这里各行各业都是如此。所以，人们的生活提高了，道德堕落了。物质与精神似乎是尖锐的对立，水火不相容。"

我点点头说："这也正是我逃离那个地球的原因，看来我早晚还得逃离这个星球。"

神　船

朱员外举巨资耗时几载打造一条巨船，取名"神船"，寓意神灵保佑。一来为渡河的乡亲提供便利，二来自己广进财源，不料，事与愿违，神船下水后，要么行不多远抛锚，要么行至风大浪高的河中央倾斜，有一次差点翻船，吓得再无人敢坐。朱员外找来能工巧匠修理几次都不见效。

有人给朱员外出注意,换个船长试试。万般无奈,朱员外贴出招聘船长启示,待遇从优。心想若再不行,就劈了当柴烧。启示贴出后,看的人络绎不绝,但一打听朱员外这条船,都摇摇头走人,没人敢应聘。

几月后,朱员外听说有人来应聘。朱员外喜出望外,急忙命人将应聘的人领进来。

朱员外坐在八仙椅上,喝着茶,端详着应聘的人,人高马大,虎背熊腰,双目炯炯有神,透出一种豪放之气,便问:"你叫什么名字?"

他说:"冯安。"

朱员外呷口茶又问:"我招聘船长的启示贴出几月,无人敢应聘,莫非你有绝技?"

冯安想了想说:"若是让我驾驶这条大船,必须答应我一个条件。"

朱员外眼睛一亮:"什么条件?"

冯安说:"把这条船改名叫'龙舟'"。

朱员外问:"为啥?"

冯安说:"黄河弯弯曲曲,龙也弯弯曲曲,黄河像一条巨龙,所以改为龙舟,再加上我又属龙,岂有不顺风顺水之理?"

朱员外微微点头,指着雇人说:"走,带上人,上船试试!"

来到岸边,冯安一个箭步登上船头,手把船舵,招呼众人撑船,大船顺势离岸,船随水流行到河心,正好风大浪高,只见浪尖上的大船,一会儿隐入浪中,一会儿抛向天空。冯安稳操船舵,指挥若定,大船被牢牢掌控。船从对岸返回,冯安又一个鲤鱼打挺,跃入河中,许久才浮出水面。岸边的群众齐声叫好,感叹此人好身手,还给他起了一个外号"浪里白条"。朱员外心中暗喜,心想，此人为我所用，何愁船事不发达，便与他谈妥条件，立好字据，高薪聘请试用几月。

冯安不但水上营生熟练，且乐于助人，对上船老人、小孩、病人、孕妇关怀备至，往来两岸客商交口称赞，冯安渐渐名声大震。朱员外觉得冯安确实是难得的人才，几月后把冯安正式聘为船长。

当地人把这事传得神乎其神，说果然是条神船，别人驾船就翻，冯安驾船就平安，你说怪不怪？不少人还央求冯安，传授神技。冯安总是笑笑说，没有没有。

有一天，朱员外也把冯安叫来，笑眯眯地问："你把你驾船的神技和我说说呗。"

冯安难为情地说："你想听真话还是假话？"

朱员外说："当然是听真话。"

冯安给朱员外倒着茶说："我从小生长在水泊梁山，靠山吃山，靠水吃水，水泊梁山的男子人人会撑船，识水性，个个都是使船高手。另外，朱员外建造的船太大，这地方的人一般没有驾驭那么大船的经验，所以常出事。这就是别人驾驭不了，我驾驭得了的秘密。那条大船是条好船，一点也不神！"

朱员外哈哈大笑："我想，你是怕我辞退你，才不说实话吧？放心，我不是那种人。"

冯安着急地说："朱员外，不是那意思，真的不是！"

朱员外摆着手说："行啦行啦，不说就不说吧，只要好好驾船渡河就行。"

神 鸟

　　天空原本明亮的脸,今早被乌云涂抹得又脏又黑,爱美的天空伤心到极点,偶尔掉下几滴眼泪。

　　"咚咚咚,锵锵锵,嚓嚓嚓,咣咣咣……"几个膀大腰圆的男人,挥舞着手里的鼓槌,锣鼓声震耳欲聋,传遍全村,连树林里的鸟儿也被早早惊醒,四处乱飞,尖叫着抗议。

　　"来了,来了,放鞭炮!"话音未落,"啪啪啪……"

　　霎时,鞭炮齐鸣,锣鼓喧天,不少人捂上了耳朵。

　　两顶大花轿颤悠悠,从村外抬着驶来。这里的风俗是早过门,早生贵子。

　　挂在朱家大院门楼的两盏大红灯笼,照得新郎朱鹏飞笑哈哈,照得蒙着红盖头的新娘亮晶晶。

　　"一拜天地,二拜高堂,夫妻……"剩下的话司仪还没喊出。

　　突然,不知从哪里箭一般射来一对猫头鹰,站在两盏红灯笼上,昂然挺立,傲视众人,发出瘆人的怪叫。参加婚礼的人们目瞪口呆,屏声敛气。自古有句谚语"夜猫子进宅,无事不来"。一种不祥的乌云笼罩着拜堂成亲的上空。

　　就在人们窃窃私语之际,人群中发出一句响雷般的声音:"神鸟进宅,吉祥到来。"

　　话语刚落,一对猫头鹰"嗖嗖"两声,消失在茫茫夜空中。

　　"哇——"惊愕声、赞叹声,在人群中此伏彼起。

喜庆的婚礼继续进行。

几日后，朱员外念念不忘婚庆场景，决心找到那个口出吉言的人。询问府上有没有人认识，人人摇头。员外打发府上家丁外出找找。

众人蜂拥而出，走街串巷，去寻找。

傍晚，船长冯安来到朱员外面前躬身施礼。身后站着一个青年，大脸盘，高鼻梁，一双眼睛炯炯有神，膀宽腰圆，身后跟着一个孩子。

朱员外微微一笑问冯安："此人不曾见过，可是——"

冯安说："正是这俩人，我在邻村找到的，他们说是逃荒到此。"

朱员外走到青年和孩子身旁，问道："你是何方人氏，为何来到此地？"

青年躬身施礼说："我叫马志良，小弟叫马志宽，原籍陕西陈仓神农镇人，父母双亡，小弟不满十岁，兄弟俩相依为命。前年家乡大旱，颗粒不收，经常吃了上顿没下顿，饥肠辘辘。只有村中几个大户人家坐镇不动，其他人家十有九户封门外出逃荒。我携带小弟挑着一担箩筐，两床被褥几件衣服，沿着黄河乞讨到此。"

朱员工沉吟片刻说："噢，来自渭水河畔炎帝出生的地方。"

青年点点头说："是，老爷。"

朱员外捋捋胡须："前几日可到过我府上，见到什么？"

青年脸一红说："几日前，我和小弟来到村子时天已黑了，就在村头一个草垛旁住下来。正在睡梦中，被锣鼓喧天的声音惊醒，小弟弟还在睡梦中，我摇醒酣睡的弟弟说：'快起来，好像有结婚的，咱去捡点吃的。'走入村庄，看到灯火辉煌处有一座高宅大院，大门两旁雄卧着一对石狮。门前人山人海。两顶花轿巍巍落地时，飞来一对鸟落到悬挂的大红灯笼上，我喊道'神鸟进宅，吉祥到来'。"

朱员外喜形于色，不容分说拉着马志良的手，喊上船长，向府外最大的饭庄安和酒家走去。

安和酒家远近闻名，燕窝鱼翅、海参鲍鱼、黄河刀鱼，山珍海味应有尽有。贵州的茅台，四川的泸州老窖，山西的汾酒，名酒名烟一应俱全，特聘鲁菜大厨。平日里生意红火，达官贵人也慕名而来。掌柜名叫张贵，五短身材，大腹便便，见人开口三分笑，人送外号"笑面佛"。

张贵见朱员外来到，急步向前，躬身施礼，满脸堆笑，说道："枝头喜鹊叫，贵人必来到，今日天朗气清，惠风和畅，老员外驾到真是蓬荜生辉。"说着，头前带路进入店内，找一雅室，喊来店小二，嘱咐要好生伺候。

朱员外和冯安落座，只有马志良携弟站立桌旁，朱员外说："不必拘束，快快落座。"

马志良说："我乃落难之人，不曾为府上效力，怎敢受此宽待。"

朱员外笑笑说："我们这里有一种说法'不怕夜猫子叫，就怕夜猫子笑'，都把猫头鹰当作'不祥之鸟'，猫头鹰常常和噩运联系在一起，所以借你吉言，我们朱家会转好运的。你是我们朱家的恩人。"

酒菜已经上来，马志良手持酒壶把酒杯斟满，双手举杯走到朱老员外面前，说："祝朱老员外福寿满堂，万福金安。"

朱员外接过酒杯一饮尽，又问："你怎么会说出这么一句大吉大利的话呢？"

马志良再次把酒斟满说："是俺爹活着的时候教我的。爹还说,吉言凶言都是人的一种愿望和心理,并无定论。"

老员外又问:"你爹是干什么的?"

马志良说:"我爹活着的时候,是当地有名的风水先生。"

老员外招呼店小二多加些好饭好菜。酒过三巡,菜过五味,老员外开口说话:"你怎么知道那鸟叫神鸟。"

马志良欠欠身说:"在我们神农镇有一种这样的鸟叫神鸟。"

朱员外咽下菜哈哈大笑:"这事咋这么巧啊,看来我们朱家真会转好运的。你是我们朱家的恩人。贤侄今后有何打算?"

马志良离开酒桌面对员外,双膝落地说:"大人在上,受小侄一拜,我与小弟现无栖身之处,恳请大人给一简陋住处,赏碗饭吃。"

朱员外拉起马志良说道:"看你兄弟忠厚老实,我有三间闲房,收拾一下,即可入住,还有几亩薄地,送给你们兄弟两人糊口。房子与地都和冯安挨着,从今以后,你跟着冯安做事吧。"

路上,马志良说:"冯叔的大恩大德,我兄弟俩一辈子不忘。"

冯安摆摆手:"别这么说,我看你俩太可怜,才给你们出了那么个主意。朱员外家大业大,是个大善人,不过就是特别迷信,你们以后注意多说吉语良言就行。"

愤怒的苹果

我简直有点欣喜若狂手舞足蹈了。

在如山的自由来稿中,我发现一篇堪称杰作的小说。从标题、语言、人物、故事，到结构、立意，都令人过目难忘。在如今浮躁喧哗的时代，还有人耐得住寂寞埋头创作实属罕有。

我大学毕业来到编辑部几年了，从来没有像土里淘金般发现传世之作。这也是我这个名牌大学毕业的编辑最大的诟病，要么是无名之辈的关系稿人情稿，要么就是大家名家的平庸之作。连主编也抱怨我没有发现好作品好作者。这甚至对于我们这家刊物都是致命的硬伤，订数连年下降，影响力越来越小，我和我的同仁们心急如焚。一篇小说救活一本刊物一家出版社的奇迹不胜枚举，当然，这种好事在如林的期刊中，也不是谁都能幸运碰上的。

我感觉奇迹将发生在我身上，不但能使刊物名声大震，作者也会一举成名，载入史册。

这怎不令人热血沸腾，拍手称快！

我将小说提审到主编手里，并谈了我的意见与想法。不出所料，主编看完小说完全同意我的观点，也认为确实是一篇不可多得的作品，甚至比我还兴奋，准备重磅推出，发头题，配照片，发评论。安排我联系作者，要简介和照片。遗憾的是，这个叫范山民的作者，来稿中只留了一个电话号码，其他一片空白。

我怀着无比激动的心情，手指颤抖着，按下那一串神秘小径般的数字。我不难想象，作者接到这个电话，会不会高兴得立刻大笑或大哭，或者是死一般寂静。

电话响了好一阵，没人接。我又拨了一次，想不到接电话的是个女人，嗓门又大又粗："谁呀？"

我笑笑，我这都市女性涵养的嗓音与那个女人男人般的嗓音形成强烈的反差："请问您是范山民吗？"

"不是！"

"请让他接电话好吗？"

"他在地里干活，你是哪里的？"

"噢，我是《传世文学》编辑部的，他的小说……"

还没等我说完，她气呼呼地说："什么大说小说的，田里的活还干不完，先种好田再说！"

"咔嚓"挂掉了电话。

我仿佛被当头浇了一盆凉水。

第二天中午，我又拨通电话，这次是一个男人接的电话："喂？"

我想这可能是作者，问道："你是范山民吗？"

"我是，请问您是——"

"噢，我是《传世文学》编辑部，你的那篇《泥土里的天堂》写得很好，我们准备重点推出……"

还没等我说完，电话里传来一声呐喊："是吗？太感谢了，我整整写了20年啊，连一个退稿信都没收到过，更别说发表了，这不是做梦吧？"

凭感觉，他压抑了太久太久，终于像火山一样爆发了，我太理解作者的心情，甚至要的就是这种效果，我笑笑说："不是不是。请你尽快发过来你的简介、照片，请继续给我们编辑部来稿。"

"好的，好的，一定，一定。"他更加欣喜若狂。

等了两周，一直没有收到他的信件，主编催着下稿，我只好再打电话，一个女人接电话，我问："请问你是谁？"

"我叫苹果，是范山民的老婆。有啥事？"我怎么听，感觉她都有点像母夜叉的味道。

"噢，我是编辑部的。"

她一听是编辑部的，怒气冲冲打断我的话，说："他不是说不写了嘛,怎么又偷偷摸摸地写了,我非找他算账不可,非烧了他那些东西不可。"

我忍无可忍地劝道:"你要支持你丈夫创作,他出了名不比你们种地好吗?"

"好什么好,他出了名过上天堂般的生活,我就得下地狱,我家就得妻离子散家破人亡,他最终也不得好死。我还不了解这些臭男人,你看看电视上那些名人有几个没有离婚?有几个有好下场的?"她愤怒的声音响彻云霄。

我还想劝劝她,她几乎带着哭腔说道:"求求你们,别再打扰他了,让他死了那条心,好好种田,好好过日子。为了我,为了他,为了我们这个家,求求你们了,好吗?"

女人哭哭啼啼的声音又夹杂无比的愤怒。听起来怎么那么让人心痛、气愤、叹息。

夜里我做了一个噩梦,有无数个苹果围着我愤怒地哭泣。

物种宣言

动物界的一位博士生导师,站在讲台上提问学生:"地球上什么动物是害虫?知道的同学请举手!"

课堂上的同学齐刷刷举起手。

导师环视一下四周说:"请娃娃鱼同学回答。"

娃娃鱼说:"是人。"

导师说:"为什么?"

娃娃鱼回答："因为我已经没有了家，我的家被人类破坏了，好多好多的江海湖泊散发着恶臭。"

导师又说："请白天鹅同学回答。"

白天鹅站起来说："是人。"

导师又问："为什么？"

白天鹅啜泣着说："因为我早没有了家，人类不断地猎杀我们，我们没有栖息之处。只好四处流浪。"

导师说："请小白兔同学回答。"

小白兔淌着泪水说："是人。因为我也快没有家了，昔日绿草茵茵的陆地越来越沙漠化。"

导师指指小燕子说："你回答！"

小燕子呜咽着说："是人。原来天空就是我的家，我在蓝天白云阳光里自由自在地翱翔，可是现在天空成了垃圾场，乌烟滚滚，刺鼻难闻……你们看，我的衣服都被染成黑色的了。"

"请老虎同学回答。"

老虎气呼呼地说："是人。大家知道森林是我的家，可不知从哪天起，自私的人类滥砍滥伐我的家。大家也知道原先我从来不吃人，还把人类当朋友，我为了报复人类破坏我的家，才开始吃人的。"

导师也擦擦眼泪动情地说："如果这样下去，总有一天地球上的人与我们将一起灭绝，地球最终将毁灭。因为地球是人类和我们共同的家园啊！不过庆幸的是人类似乎意识到这点，开始保护环境，爱护我们，同学们说对不对啊？"

"对、对、对。"学生们高声喊道。

"我倒有一个建议。"导师说。

"什么建议？"学生们异口同声说。

导师清清嗓子说:"人类于 1948 年 12 月 10 日,在联合国大会上通过第 217A(LLL)号决议,叫《世界人权宣言》,共 30 条,其中第 1 条是,人人生而自由,在尊严和权利上一律平等。这个宣言,只是对人类生存权的保护,并没有考虑其他动物的生存权,所以,他们才对自然界其他物种滥杀滥捕滥砍滥伐。既然人是物种,我们也是物种,我们应该享有与他们一样的权利,只有这样这个地球才安宁,地球上的各种物种才能和平共处,生生不息。不至于好多物种濒临灭绝!"

"那我们开始起草吧?"

导师说:"好,你们说,我来记。"

"第 1 条:各种物种生而自由,在尊严和权利上一律平等。"

"第 2 条:各物种有资格享有本宣言所载的一切权利和自由,不分种族、毛色、语言、宗教、政治、物籍、身份、出生等任何区别。"

"第 3 条:各物种享有生命、自由和人身安全。"

"第 4 条:任何物种不得施以残忍的、不人道的或侮辱性的待遇,或不正当的侵害。"

"第 5 条:各物种有思想、良心和宗教自由的权利。"

"第 6 条:各物种有权享有主张和发表意见的自由。"

"第 7 条:各物种有直接或通过自由选择的代表参与治理本地球的权利。"

"第 8 条:各物种都有受教育的权利,教育应当免费,至少在初级和基本阶段应如此。"

"第 9 条:各物种有权要求一种社会的和地球的秩序。"

"第 10 条:各物种对地球负有义务,因为只有地球存在,他的生命才得以延续,他的个性才可能得到自由和充分的发展。"

"……"

我一生的工作

星期一,主任说:"你去领启动器。"

我初来乍到不知道该往哪里去领,便问:"去哪一个科领?"

主任说:"Q科。"

我们这里离机关很远,颠簸很久才到了那里,管着领东西的人不在,我挨个办公室找,也没有找到人,又到处打听,才知道那人上街买东西去了。我只有等,等了好半天,那人才回来。我领上东西回来,正好晌午。

星期二,主任说:"你去领打印纸。"

我问:"去哪个科领?"

主任说:"W科。"

我到了那里,人不在,只好等,直到下午才回来。

星期三,主任说:"你去领加班费。"

我问:"去哪个科领?"

主任说:"E科。"

我到了那里,人很多,排队等。

星期四,主任说:"你去拿批文。"

我问:"去哪个科领?"

主任说:"R科。"

我到了那里,别人告诉我,那人病了,下周再来拿吧。

星期五,主任说:"你去领灭蚊灵。"

我问:"去哪个科领?"

主任说:"T 科。"

我到了那里,人不在,一打听,出发了。

我气喘吁吁地回来后说:"领这些鸡毛蒜皮的东西,你怎么不让我一次完成呢?"

主任笑笑说:"我何曾不想让你一次都完成,可是不行。"

我问:"为什么?"

主任说:"启动器属办公用品 Q 科管着,打印纸属计算机耗材 W 科管着,加班费属财务的事 E 科管着,批文属保密 R 科管着,灭蚊灵属医药用品 T 科管着……你看怎能一次领回来呢?"

我说:"一天都领回来也行啊,为什么非要一天跑一趟领一样东西呢?"

主任说:"领东西各科室都严格规定了时间,Q 科规定星期一,W 科规定星期二,E 科规定星期三,R 科规定星期四,T 科规定星期五……其他时间去了也白搭。"

我说:"这太不合理。"

主任说:"你认为怎么样才合理?"

我说:"应当啥时间领也行。"

主任说:"以前就是那么办的,有些人认为那样太杂太乱不合理,便改成现在这个样子。再说人家也还有别的工作啊。"

我无可奈何地说:"看来我得日复一日地跑下去。"

主任笑笑说:"这就是工作!"

从此,我一天天一月月一年年地跑下去……一跑跑了几十年,从黑发人跑成白发人,我跑不动了,便退休回家,又来一个小伙子接着跑……

土地庙

一

我爷爷马良善顶风冒雪从县城回到孤村时,已经是深夜了。

大雪淹没了村子,天上地上一点儿亮光也没有。狂风像一头暴跳如雷的野兽声嘶力竭地嚎叫。

尽管我爷爷身材瘦小,但每走一步,几尺深的积雪还是承受不住爷爷的体重,痛苦地呻吟着陷下去,雪没到腿肚子。当走到村东头低矮的土地庙时,传出撕心裂肺的哭声。我爷爷拐进庙中,划亮一根火柴,神灶下一个女人偎依在奄奄一息的男人身边哭叫,怀里还蜷缩着一个孩子,孩子脸色像烧红的木炭。我爷爷夺门而出,趔趄地赶回家,招呼家中佣人抬上门板赶到庙中,把他们一家人抬回家中。我奶奶举着灯笼悄悄对我爷爷说:"他们半死不活的,你抬回来,万一死在咱家里怎么办?"

我爷爷没说话,点上一袋烟,脑海里浮现出终生难忘的一幕。那年大旱颗粒无收,他挑着一担筐,前筐里盛着大儿子,后筐里盛着小儿子,妻子背着包袱跟在后面,从老家背井离乡逃荒要饭,途中也是一个风雪之夜小儿子被活活冻死。最后乞逃到了黄河岸边的孤岛。孤岛地处黄河入海口,黄河挟带着泥沙,经过千百年的冲刷,形成大片大片的肥沃的土地。逃荒要饭的、家庭困难的纷纷来这里开垦,在荒无人烟的地方聚拢成一个孤岛村。消息传出后,人们像发现了新大陆,纷至沓来淘金,村庄也一个一个多起来。

经过一段时间的悉心治疗、精心护理,男人病体康复,孩子面色红润,全家养得身强体壮。

快过年了,男人辞行,我爷爷备上车马,又给那男人带上粮米油盐,送至村口,依依惜别。

二

晚饭后,通知我父亲到土地庙开会。会场设在土地庙原址,土地庙已夷为平地荡然无存,只有那棵老榆树还幸存着。社员们各自带着座位三三两两地走来,男男女女老老少少,黑压压一片。老榆树下摆着一张桌子,桌子后面坐着队长和公社来的干部。

批斗会达到高潮,队长跳起来,往前走几步,挥舞着胳膊喊道:"乡亲们,要不要乱棍打死这个小地主,有仇的报仇,有冤的报冤?"

会场下面有人响应:"打死他!打死他!打死他!"

干部走到我父亲面前问:"你是不是马良善的儿子?"我父亲低着头说:"是。"干部又问:"你父亲呢?"父亲说:"失踪多年了。"我父亲问:"您认识我父亲?"干部说:"我是当年被你父亲从土地庙救下的那户人家的孩子。"

干部看看面前黑压压的人群说:"今天的会就开到这里,散会!"

队长说:"不能散会,不能散会,还没有批没有斗还没有打呢!"干部瞪他一眼,头也不回走了。队长急忙颠颠地跑着追去。

人都走光了,我父亲站在黑暗的主席台上,还不相信是真的。

三

"你带我去看黄河吧,爷爷!"上小学的孙子,听见我进门的关门声,放下铅笔从房间里跑出来,扑到我怀里撒娇说。

"黄河有什么好看的。"我脱着外套。

"我要看,黄河之水天上来,奔流到海不复回。我正在学李白的诗《将进酒》,我要看黄河!"

"好,好好做作业,放长假我带你去。我们老家就在黄河边上,我小时候在黄河岸边长大,喝黄河水,吃黄河鱼。"

秋季,我开车长途跋涉,带孙子来到黄河。

我站在蜿蜒的黄河大堤上,黄河从孤岛村的后面汹涌澎湃地流淌,它把大地一分为二,它是巍峨的雪山和浩瀚大海的道路,它是无垠的天空和苍茫的大地最壮观的彩虹。黄河水浩浩荡荡像万马奔腾,挟着泥沙,裹着尘埃,怒吼着,打着漩涡,向东奔涌。秋季的黄河是一年中水量最大的季节,黄河水混浊得像泥浆,轰轰隆隆响着,震耳欲聋,地动山摇……千百年的黄河,跋山涉水,风卷残云。

"黄河水能喝吗?"孙子拉着我的手问。

"能,两岸都喝黄河水。"我的心情像滚滚的黄河。

"黄河水啥味道?"孙子仰起脸问。

"甜的。"一阵风裹着水腥气扑到我脸上。

孙子目不转睛地看着黄河问这问那:"黄河多深? 黄河多宽……"

我一边回答着孙子幼稚的可笑的各种各样的问题,一边转过身默默注视着孤岛村。孤岛是那么熟悉又是那么陌生,比原来大了很多,有的人家的房屋崭新气派,鹤立鸡群。有的人家房屋破旧低矮,老态龙钟。我用潮湿的目光寻找着孤岛村最好的建筑,令我吃惊的是村里最好的建筑物竟是土地庙,仍然修建在原址。偌大的土地庙,方方正正,屋宇错落有致,雄伟巍峨,富丽堂皇,古香古色,院中香火缭绕,佛声振振,木鱼清脆。

我看着袅袅的青烟,听着阵阵的木鱼声,望着参差不齐的孤岛村,不知为什么,老泪纵横。

"爷爷,你怎么哭了?"

"爷爷没哭,风沙大,眯了眼……"我哽咽着泣不成声。

天下无敌

海宁村逢五逢十是大集,大集上不管买方还是卖方,都需要过秤。个人带来的秤要么不准,要么缺斤少两,谁也不放心。于是,有人提议买卖双方交易,需要度量的物品,实行统一的度量器,由专人负责。负责过秤的人从中收取手续费。这个营生只需动动手,动动嘴,钱来得快,坐享其成。消息传出后,附近几个村庄的人个个摩拳擦掌,有的觊觎已久,都想独吞这块肥肉。不料,为这事你争我夺打架斗殴,甚至伤及生命。最后人们达成一致意见,制订一条规则,在集市上架一口油锅,锅里放一个秤砣,谁将沸腾的油锅中的秤砣捞上来,今后集市上需要度量的交易,由此人大权独揽,别人不得参与。一经宣布人人大惊失色,望而却步,谁都知道沸油捞秤砣,不死也致残。村民们心中都清楚,负责过秤的人不能太老实,太老实了压不住阵,非乱套不可。

杨虎年龄不小了，连个媳妇也找不上。他考虑来考虑去，觉得主要原因还是家里太穷。他正琢磨着怎么样才能改变命运，听说了集市上传来的这个消息。

杨虎决心拿下这块肥差。于是，他从河滩上背来沙土，锅底放一个钢球，沙土倒进锅里，直到烧得沙土"突突"冒泡，手伸进滚烫的沙土捞钢球。几天后，他又把沙土换成水，把水烧得滚开，从开水中捞钢球。

招聘的最后一天，烈日当头，集市上人头攒动，油锅烧得上下翻滚，油烟四溅，现场主持人高声喊叫，何人敢来应试！主持喊了好长时间，也没有人敢捞。看热闹的人里三层外三层，围得水泄不通。突然，杨虎一个箭步冲到油锅前，大喊一声："我来捞。"说时迟，那时快，不等人们回过神来，一只粗大的手伸进滚滚的油锅，立刻升腾起一缕白烟，冒起一股皮肉的焦煳味。有人吓得闭上眼睛，等睁开眼睛时，一只焦黑的大手手持秤砣，在人群面前连走三圈。顿时，人群中发出惊呼之声，现场主持人当场宣布，今后集市贸易，过斗称物交易都由杨虎负责！从此杨虎名声大震，人送外号"杨神爪"，久而久之，忘记了他的真名实姓。

杨虎在集市上干了几年，家中小有积蓄。有人找上门主动来给他提亲，这时候，他却挑三拣四说什么都不应，偏偏看上冯安的女儿冯桂英。冯桂英却看不上他。他找人上冯家提过好几次亲，冯桂英都不答应。

这一天太阳偏西，冯桂英肩背包袱，手挎提篮，前往南坡采摘蔬菜，眼见布袋已满，天色已晚，正要收工回家，从对面走来一人，蛤蟆眼，塌鼻梁，大嘴叉，秃头顶，从老远就知道是杨虎。冯桂英早知他的恶行，向道旁紧走几步，想闪开这个无赖，杨虎两手叉腰，拦住桂英去路。

冯桂英怒喝道："你想干啥!"

杨虎嬉皮笑脸,说："干啥? 今天我还就要定你啦。"

冯桂英是个烈性女子,眼里揉不进沙子,把背上包袱一甩,从中拿出割菜的弯刀,面对杨虎,粉脸带怒,杏眼圆睁,大喊:"你快让开,你姑奶奶可不是好惹的。"

杨虎不但不走,更是向前一步,大嘴巴发出一股恶臭,淫笑着说："你东不嫁,西不嫁,你这朵鲜花我采啦。"杨虎穷凶极恶抬手将桂英手中弯刀夺下,顺势将桂英扑倒在地。

冯桂英一个弱女子怎能敌过虎狼之躯,刚想大声喊叫,杨虎一张臭嘴就堵住桂英的樱桃小嘴,高大的身躯压在她身上让她动弹不得。

正在这万分危急之时,只听一声吼:"你这个畜生,今天就是你的忌日。"一只大手将杨虎拎起,一拳向杨虎面颊砸去。

杨虎从地上爬起来,捂着脸说："你识趣地闪开,我可是远近有名的杨神爪。"

马志良说："你既然是杨神爪,就应多做积德的事,少做缺德的事,求得神灵的保佑。"

杨虎刚才挨了一拳,脸上火辣辣地疼,自知敌不过人高马大的马志良,恶狠狠地说："你、你、你等着!"说完,一溜烟似的跑了。

冯桂英哭着说："志良哥,咱们闯祸了。"

马志良问："为啥?"

冯桂英说："你才来不久,不知道,这个杨虎是村里的一霸,没有人敢惹他。"

马志良说："没事,我打得过他。"

冯桂英说："他和土匪勾着,他收拾不了的人,就叫土匪来报仇。"

全民微阅读系列

马志良说："没事,有官府。"

冯桂英说："这里官匪一家。"

马志良说："这么说来,像我们这种平民百姓,活在这种暗无天日的年代,要么死路一条,要么任由坏人横行。"

冯桂英点点头。

马志良想了想说："我们逃走。"

冯桂英问："逃到哪里?"

马志良说："逃到杨虎他们找不到的地方,拜师学武,惩恶扬善。"

冯桂英摇摇头说："天下那么多坏人,靠咱们俩个武艺再高强,到死也打不尽啊。"

马志良目光炯炯地说："既然民不聊生怨声载道,都无人管无人问,就会有揭竿而起替天行道的英雄,到那时,就不光是我们俩,而是天下受欺负受压迫的所有人。"

冯桂英笑着说："我们就天下无敌了。"

马志良点点头："对!天下无敌。"

会写字的蛇

滔滔的黄河像一条巨龙,将坚厚的大地,朝南北方向推开几千米远,浩浩荡荡犹如万马奔腾的河水,挟着泥沙,裹着尘埃,怒吼着,从大地中间由西向东,奔向大海。

蜿蜒的黄河两岸,南为南河县,北为北河县。河两岸生长着郁郁葱葱的树林,树林中藏匿着千奇百怪的鸟儿,树林外筑着两条高高的黄河堤坝,顺着黄河堤坝外面散落着星罗棋布的村庄。海宁村就傍在黄河堤坝南面。对岸是北河县重镇陈庄。两岸耸立着码头。来往船只络绎不绝地穿梭在河面上,两岸百姓走亲访友,商贾往来。

大雨下了几天几夜,仍不见停,天地间变成水的世界。海宁村身后的黄河汹涌澎湃,奔腾咆哮。

河水暴涨,快与黄河堤坝平行,沿岸的村民,大小车辆往黄河大堤上运土运料,筑坝拦水。可是人们筑坝的速度比不上水涨的速度,河水大有漫过堤坝之势,海宁村人心惶惶不可终日,常言道水火无情,堤坝是抵挡黄河水的长城,一旦堤坝溃破,洪水淹没村庄,什么力量能够阻挡来势凶猛的洪水呢? 海宁村面临家破人亡、生灵涂炭的危险。

就在这危机时刻,一位姓马的外地人来到村里,自称是算命先生,能占卜吉凶。朱家是海宁村的首富,朱员外为保全全村人的安危,抱着试试的念头,不惜重金让算命先生指点迷津。

耄耋之年的算命先生,佝偻着身子站上黄河大堤,看着浩荡湍急的水面和弯弯曲曲的龙形大堤,沉思良久,点点头说:"要想保全海宁不受水灾之苦,必须搭上戏台,连唱几天大戏,摆上供品,请德高望重的绅士,然后按照我说的话去办,龙王爷必然显灵。"

朱员外立刻咐村民去请最好的戏班,去请最有威望的绅士,摆上最好的贡品,叫来最棒的锣鼓队。在村中最高的地势筑起高高的戏台唱戏。

大戏唱到第二天深夜,算命先生让村民们,从家中拿来细如面粉的去年从河滩中背来没用完的沙土,倒入一个长方形的托盘中。让绅士双手托着沙盘，小心翼翼走到用柴草扎起的龙王爷爷面前跪下，一遍一遍地大声喊道："跪拜龙王爷爷显灵，保佑海宁老少安宁，龙王爷爷显灵感，救苦救难在今天。"然后将沙盘放在龙王爷爷面前的贡桌上。

大戏唱到第三天黄昏，奇迹出现，不知道什么时候，有一条白蛇盘绕在沙盘之中。

大戏唱到第四天晌午，算命先生对村民们说："你们去看看沙盘里有什么？"人们走过去一看，惊得目瞪口呆，白蛇不见了，沙盘上留下四个不规则的大字：水漫急流。

村里人苦思冥想不解其意。三日后阴云密布，电闪雷鸣，咆哮的河水震耳欲聋。村民惊慌失措，束手无策。村民们有的往树上爬，有的往屋顶上爬，有的往最高处爬。黄河眼看就要决口。

突然，一条黄龙从上游滚滚扑来，势不可挡，浪涛有几米高，人们心想海宁村将葬身水底。不料，这条黄龙避开海宁，奔腾呼啸一泻千里奔向东南方向。水势一点一点落下去。

几日后，人们才知道黄河真的决口了，不过不是在海宁村，而是在下游一个叫纪刘的地方。

人们这才悟出蛇写在沙盘上"水漫急流"四个字的含义。急流与纪刘为同音字。

洪水退去，村民转危为安，算命先生向朱员外辞别。朱员外说，你去哪里？算命先生说，不知道去哪里，四海为家随遇而安。朱员外说，我看你哪里也别去了，就留在本村吧。村民们也纷纷恳求。从此算命先生落脚海宁村。头疼脑热找他算算，婚丧嫁娶找他算算，吉凶祸福找他算算，甚至还有慕名而来的远道人找他算命。慢慢地算命先生被奉作神人。

突然一天，神人身患怪病，身体越来越不行。有人说："趁着你身子骨还行,把你的占卜绝技传给后人,也算造福百姓。"

不料,这时算命先生笑笑:"我哪里有什么占卜绝技。那都是蒙人的玩意,混碗饭吃吧。谁请我去看看,我就去,不去,人家会说我架子大,得罪人。我说的那些都是察言观色或经年积累的经验。"

有人说:"我看你是不说实话,水漫急流那件事不是你算准的吗?"

算命先生摇头说:"其实一点也不难,想想看,龙形的黄河大堤,一般不会在宽阔的河床决口,应在狭窄的河床决口。海宁村河床宽阔,纪刘河床狭窄,这就是原因。"

有人还是不信,说:"就那么巧?会写字的蛇是怎么回事?"

算命先生说:"字不是蛇写的,是我半夜偷偷写的。"

不过,有人还是不信,坚持说字就是蛇写的,还说他亲眼看见,更有人说他太坏太自私。

人们还是把算命先生奉作神人,口口相传着他的故事。

良　心

雨过天晴夕阳西下的傍晚,地上还积着一洼一洼的水。我坐在右边,猪被捆在左边,小舅用小推车推着我和我家的猪,迎着彤红彤红的晚霞,在泥泞的乡间小路上,一步一打滑地走着。身后,爹、娘把门窗统统封死,爹推着小推车,娘抱着不满周岁的妹妹坐在右边,弟弟坐在左边捆着的被褥上,全家顶着刺骨的寒风,背井离乡去逃荒要饭,不然,就要挨饿。我小时候,父母每当去外面的世界逃荒要饭,外祖父就让小舅把我接到他身边。外祖父对父母说,别的我帮不了你们,把老大接来我养着吧。我的童年是在外祖父身边长大的,我怀念与外祖父相处的日子,那是一段令人难忘的美好时光。我爬屋上墙把东屋的屋顶踩下个大窟窿,我把一只抱窝的老母鸡摁在水里活活淹死,我偷喝他的白酒醉得胡言乱语……那些该打屁股的行为,非但没使他怒气冲冲,反而大笑不止。外祖父的晚年患半身不遂症。略见好些后,喜欢晒太阳,他总是叫我给他拖那把八仙椅,那时候,我还搬不动一把椅子,就一点一点地往门口的太阳地里拖,像一只小小的蚂蚁在拖一颗硕大的米粒。冬日里,在那排年久失修的北屋门口,一个耄耋之年脸上布满老年斑的慈祥老人,坐在八仙椅上思考着门外沧桑的世界;一个天真幼稚的小男孩,偎在老人两腿中间,不断回头用细小的眼睛端详着沧桑的老人。

　　外祖父家的日子过得并不宽裕。姥娘姥爷年老体迈,吃的、穿的、用的,指望几个舅舅,再添上我这么一张嘴,就更紧巴。可是,我在姥娘家却吃得好喝得好玩得好。有点好吃的他们不舍得吃留给我吃。有不少人问我:"你想家吗? 想你娘吗?"我都是说:"不想、不想。"好多人跟姥爷和姥娘开玩笑说:"外甥是狗吃饱就走。"我一听到有人这么说,心里就很不高兴。当时虽然还闹不明白这句话是啥意思,但一听到把我和狗联系到一块,就猜测准不是句好话。

　　晚上睡觉时,我脱得光溜溜的,泥鳅一般钻到小舅的被窝里,和小舅闹。小舅就用他钢丝一样的胡子亲我,扎得我又疼又痒。我就大喊大叫着,爬回姥娘的被窝。有时候,姥娘拍打着我,用她那张一说话就漏风撒气的嘴,唉声叹气地说:"也没给你小舅巴结上个人成个家，老了咋办？"我记得外祖父去世前，也是不断重复着这句话走的。我一边伸出小手，给姥娘擦着浑浊的泪水，一边说："姥娘你放心，小舅老了我管。"姥娘便破涕为笑说："傻孩子，你长大，娶上媳妇，别忘了你小舅就中啊！"小舅便在一边没好气地说："你光絮叨些这干啥？娘。"

每当刮大风下大雪的时候，姥娘总是说："也不知道你娘他们到哪里要饭去了，这个天能要到饭吗？住在哪里？"有时，我分明看见姥娘偷着哭。

我大学毕业后，去了西部一个城市工作。挣钱后的第一年，我怀着激动的心情，给小舅汇去三百元钱，并暗暗发誓，以后每年都要给无依无靠孤苦伶仃的小舅，寄几百块钱回去。第二年我谈女朋友，经常要买这买那，钱显然不够用，但我还是紧紧手给小舅汇去几百块钱。第三年我准备结婚，需要买的东西太多太多，冰箱、彩电、洗衣机、空调、沙发、床、音响、家具……单位上年轻人结婚都爱攀比，这些东西基本上是必不可少。可我没有钱购置那么多东西，只买几件必备的生活用品，举行婚礼。不是我不想，而是我没钱。尽管如此，我仍然给小舅汇去几百块钱。紧接着是房改，要交几万块钱，我又没攒下，东借西凑好不容易才凑齐。过年时，爱人说："你看咱还欠人家那么多钱，今年你就先别给舅寄钱。"我想想也是，就犹豫不决，但最后还是咬咬牙给舅汇钱回去。有孩子后，上有老下有小，花钱的事更多，但不管事再多，钱再紧张，我汇钱的决心从未动摇，年年如此。其间，小舅几次写信来不让我给他汇钱，说他不缺钱，我都没听，我了解善良的小舅，怕我负担过重，才不让我汇钱。后来，妻子又失业，全家指望我一个人挣钱生活，我仍然给小舅汇钱。

小舅的年龄越来越大，身体也越来越差，经常吃药打针。

本来烟瘾很大的我，彻底戒了烟。我算了一笔账，我一般一天抽两盒烟，一盒烟5元左右，一年下来就是几千元钱。

这样，我把抽烟的钱节省下来，寄给小舅，让他治病。

一年，我忽然接到一个电话，说舅病重，速归。我风尘仆仆赶到病床前时，小舅已奄奄一息，说不出一句话。听说我到了，奇迹般睁开眼睛，伸出一只瘦骨嶙峋的手，在我饱经风霜的脸上抚摸几下，哆哆嗦嗦地从褥子下面，摸出一个用手绢包着的东西，塞到我怀里。我一层一层地揭开一看，竟是一个存折——多年以来，我汇来的钱全在上面，一分不少。

爱的背叛

阿钟和阿春是小两口，逛商店、上公园、看演唱会、上班、下班，总是形影不离。走路，手牵手，说说笑笑，亲热得像在热恋中。

人们每当议论起夫妻感情时，都说阿钟和阿春的感情最好。有两口子打架的，调解的人就说："你们有啥好闹的，不怕别人笑话，你们不会学学阿钟和阿春？"

一天晚上，阿钟说："阿春，明天我要去外地开一个会。"

阿春问："到哪里？多久？"

阿钟说："到天涯，时间定不住。"

阿春说："你去吧，可要常来电话。"

阿钟说："一定。"

阿春发觉阿钟的脸上布满冰凉冰凉的泪水，吃惊地问："你这是怎么啦?"

阿钟浑身颤抖哽咽着说:"我、我舍不得离开你。"

阿钟走了一天,没来电话。阿春给他打手机,却关机。

阿钟走了一月,杳无音讯,阿春望眼欲穿。

阿钟走了一季,杳无音讯,阿春望眼欲穿。

阿钟走了一年,杳无音讯,阿春望眼欲穿。

人们纷纷猜测,阿钟要么在路上出车祸,要么与一个年轻的女孩子私奔了。

突然一天,阿春收到一封电子邮件。

阿春:

你好!

……咱俩的结合纯属误会,虽然大部分人的婚姻是凑合的,可我不愿凑合,不愿钻入坟墓。我这次出差是假,与一个女人私奔是真。你骂我也罢恨我也罢,我都认了。望你重新找一个志同道合的男人,恩恩爱爱共赴人生漫漫长途。

祝你幸福!

"哇——"阿春晕倒在地。

阿春醒过来后,拼命往那个电子邮箱里写信,劝阿钟回来,劝阿钟回心转意,还说她会原谅他。

阿钟却再也不回复。

其实,阿春发的每一封电子邮件,阿钟都收到了,几乎每天都在看,边看边流泪。此时此刻,阿钟正躺在远方一家医院的病房里,等待死神的降临。

那天,阿钟感觉腹部疼痛,到医院检查,不料是肝癌。阿钟当时差点昏倒。世界如此美丽,生命却如此短暂,怎不叫人痛心疾首?阿钟冷静下来,首先想的是自己死后,阿春怎么办?阿春会不会重找一个伴侣好好生活？阿钟凭感觉,知道阿春不会这么做。要么终身不嫁,要么随他而去。真若如此,阿钟死不瞑目。

于是,阿钟对自己的病情守口如瓶,借出去开会之名离家出走,又给阿春发去那封电子邮件。

幸运儿

空旷寂寥的房间里静谧得令人窒息,昏黄的太阳伸出长长的舌头舔着棉被。东方杰空洞滞涩的目光抚摸着窗外几只栖息在树枝上瑟瑟发抖的灰色小鸟,感觉不是在温暖的屋里而是在冰冷的坟墓啜品人生的苦酒……

那天,崭露头角的东方杰正在排练节目,突然跌倒在地上站立不起来,送到医院经诊断是骨肉瘤,要截去双腿。这对于东方杰来说不啻是晴天霹雳,他离不开舞台,离不开热爱的舞蹈艺术……

东方杰重重地叹息一声,无神的目光落在床头柜上。床头柜上有一本小说,是父亲拿来放在那里的,他一直没看。东方杰拿起来看一眼封面便懊丧地扔回原处,他讨厌小说的书名《你过得比我好》,恨屋及乌更讨厌这本小说的作者。他想,肯定是个无病呻吟百无聊赖的家伙,一个即将失去双腿的人就像鸟儿断了翅膀,也过得比你好吗?

不知不觉,东方杰又昏昏沉沉踏入梦境,梦中他长出一对翅膀,在天空自由地飞翔……

"杰,杰。"他的好梦被打断。

睁开眼,是父亲叫他,他问:"有事吗?"

"我打听到一位骨治专家,就在咱这座城市。"父亲擦着他脸颊上的汗水说。

"好多大医院都不能治,他能行?"

"偏方治大病,明天我带你去试试。"

傍晚下起大雪,天亮时才放晴。蔚蓝的天空,银白的大地,血红的太阳。车在一幢楼前停下,父亲背着他爬到二楼,敲响东户的房门,一位花甲老人开门。

"我把杰带来了。"

"请进,请进。"

落座后,东方杰迫不及待地问:"伯伯,我的腿能治好吗?"

老人笑笑:"治病的人在里面。"

父亲和老人把他架到南面一个房间椅子上,就到客厅喝茶。

床上的人使他大吃一惊,那人截去四肢,只剩一截躯体,用嘴衔笔写东西。见到他后,一张嘴扔下笔。

东方杰发现那人的床头也搁着一本小说《你过得比我好》,他问:"你喜欢读这本书吗?"

"是我的拙作。"那人笑笑说。

东方杰惊讶地差点尖叫。注意一眼书上作者的名字叫欧阳坚强。

"听你爸爸说,你认为自己是个不幸儿,就吃安眠药、割血管、绝食,想结束自己的生命。我比你是不是还要不幸? 我相信有人比我还不幸!"欧阳坚强说。

东方杰低下头。

欧阳坚强又说:"有的人把不幸写在脸上,有的人把不幸埋在心里；有的人把不幸勒在脖子上，成为不幸的牺牲品，有的人把不幸踩在脚下，成了不幸的幸运者。世界上没有最不幸的人，只有自己认为自己最不幸的人。"

欧阳坚强的话如煦煦春风融化着东方杰心中的冰雪。

最后，欧阳坚强赠他一本签名的小说，还在扉页上写道：衡量一个人不幸与幸运，并不在于是否四肢健全头脑发达。一个健康的人却碌碌无为，才是最大的不幸！人生的价值一是繁衍，二是创造！

回家的路上，东方杰发现天空格外蓝，大地格外白，太阳格外红，世界格外美丽，生命之火冉冉升起……

爱情变奏曲

月亮，像弯弯的船儿，停泊在村西南歪脖子古槐树上。树根处一对人儿如醉如痴地接吻，星星在空中探出头偷看。突然，湾里的蛙儿停止歌唱，怎么回事？原来那对人儿开始说悄悄话，他们竖起耳朵偷听——

"祥哥，啥叫爱情？"

"词典上说男女间相互爱慕的感情。"

"用钱能买到爱情吗？"

"不能。"

"可，我娘是我爹买来的，一辈子过得很好。"

"那是以前，以前社会封建，人们愚昧。今后绝不会。"

"你以后有了本事，不会变成陈世美吧。"

"不会。"

"俺不信。"

"我对天发誓，我今生要是变心……"

她捂住他的嘴。

一年后，月亮还是那个月亮，星星还是那些星星，树还是那棵树，湾还是那个湾。

"祥哥，你接你爹的班，成了大工人，今晚叫我来是不是说和我散伙？"

"巧妹，我不想，可家里……"

"现在不是以前，自己的事都是自己拿主意，你甭想诓我！"

"问题是你是农村户口。"

"爱情还论是啥户口？"

"我要散！"

"你要散，我告你。"

"告我啥？"

"你知道。"

"法院不管恋爱期间发生的那事。"

"那我就死到你家去。"

"要不这样，你明年高中毕业后，要是考上大学就不散，考不上可别怪我喽。"

"你说的？"

"我说的。"

"不反悔？"

"绝不！"

一年后，老地方。

"你说话可算数?"她晃晃手里的录取通知书,狡黠地问。

"算数,你毕业后,咱就结婚。"他喜滋滋地说。

"和谁?"

"和你呀!"

"我同意来吗?"

"你要变卦?"

"兴你变就不兴我变?"

"……"

"这样吧,我毕业后,你要是提成领导就结婚,提不成领导,可别怨我啊。"

"你可别再变卦啦?"

"不像你!"

……

路

天亮时,雪停,银色的大地托起一轮鲜艳的红日,海洋似的天空显得更加蔚蓝。

儿子嚷着要到街上看雪景。儿子是"小皇帝",说话如圣旨,他不敢不听。

他抱着儿子来到楼下,楼下的路让雪埋在下面,人们又在雪上踩出一条路,只是原本很宽的路现在很窄,刚容下两只脚,不光很窄,还两边凸中间凹,很有点像挖的战壕。人们就都沿着这条

"战壕"走，还尽量把脚往中间放，似乎路两旁埋着地雷。

他叼着烟前边走，儿子跟在后边跑。

儿子跟一会儿，跑到雪地里踏着雪走。

他看见，喊儿子："你这孩子，放着有路不走，偏往没路的地方跑，快回到路上走！"

儿子说："你不是常对我说，地上本没有路，走的人多了，便成了路吗？"

他说："你到底过来不过来？"

儿子说："不！"

他吓唬说："我过去揍你啦！"

儿子说："你揍我，我回去告诉爷爷，让爷爷揍你。"

他又哄："你过来，要什么买什么。"

儿子说："我什么也不要，就喜欢这样走！"

他叹口气："这孩子，一点都不听话。"

儿子却指指身后说："爸爸，你快看，我踩出一条路。"

他往儿子身后望，洁白的雪地上留下一串串小小的脚印，只是那么不显眼，那么孤单，可脚印却很深很深，也许是儿子的话触动了他某根神经，他心里别有一番滋味。

这时，碰上一个熟人，说他："孩子不懂事，你也不懂事啊！让孩子在雪地里走。"

他笑笑说："就让他自己走吧！"

温室里的花

C科多年来形成一条不成文的规矩,凡是新来的科员,必须上班早到,下班晚走,拖地、提水、抹桌子、倒垃圾……一直干到分配来新科员。

每一个人,都必须过这一关。

刚来的人都觉得这不合理,但过后又都觉得这很公平。

也有抗拒的,但最终以乖乖就范而告终。

最近,C科又添一个新科员,是个女的,叫韩碧,像春天刚冒出来的一朵鲜嫩的小花,又年轻又漂亮。不但在C科,就是在这幢山一般的办公楼上,韩碧也是最抢眼的美女。

韩碧来后,上班比谁都迟,下班比谁都早,从不主动干点清洁工作,别人实在看不下去,让她扫扫地,她就划拉两下子,不说她就不干。嫌这儿脏、那儿乱,脾气特别大。嘴里哼哼着流行歌曲,拿一些杂志来专看影星、歌星。大庭广众之下搽胭脂抹粉、涂口红、染指甲……

C科的人很看不惯,有的说话给她听,有的给她脸色看,有的给她小鞋穿……

她依旧我行我素,不理不睬。

全科的人谁都不和她多说一句话。或许是她觉察到苗头不对吧,她开始主动和别人聊天。以前她是从不开口的。

她最常说的一句话,就是一上班问:"你吃的什么饭啊?"

被她问的人很反感,没好气地说:"老百姓还能顿顿吃鸡鸭鱼肉吗?"

然后,她不紧不慢地说:"俺吃的鸡、牛肉,下一顿吃羊肉、排骨,再下一顿吃大虾、鲳鱼……"

一天,二天,谁都没在意。可时间长了,又想起她平时的言行举止,都猜测说她有来头,要么是大款的孩子,要么是高干子女。

有人就问她,妈是干啥的,爸是干啥的,家里有几口人。

她说她妈妈停薪留职,成立一家公司,她爸在市里当官,她家就她一个独生子女。

所有的人大吃一惊,因为一家两制是目前最优越的家庭,要钱有钱,有权有势。

于是,C科的人原谅她。还说她从小养尊处优,没吃过苦,也不会干活,不再勉强她干这干那。

C科的人一百八十度的大转弯,开始奉承她,巴结她,讨好她。

同时,C科的人又想不通,既然她爸妈那么厉害,她为何到这里受这份洋罪呢? 又辛苦又不挣钱。

一天,有人问:"你是怎么来这单位的?"

她说:"招工进来的。"

"咦,这可是怪事,你爸妈那么有本事,怎么没有给你找一份更好的工作呢?"

她说:"我爸我妈说,我从小像生长在温室里的一盆花,没吃过苦受过累,没经过风吹雨打,不利于今后的发展,就……"

C科的人恍然大悟,刮目相看。

不久,韩碧离开C科,调到又舒服又挣钱的A科。

然后,又委任副科长。

A 科有一位外号"包打听"的人物,谁的秘密都瞒不过他。

"包打听"有一天带回来一个特大新闻,韩碧 5 岁时父母就离婚,谁都不要她,她是跟着瞎眼的奶奶长大的。她的那个优越的家庭纯粹瞎编。

不久,韩碧又回到 C 科,嘲笑、讥讽像狂风暴雨一般袭击着她。

可是令人万万没想到,一年后,韩碧又调出 C 科,去一个比上次更好的 K 科,还当上那个科室的头头。

人们又在到处打听,韩碧再次风光的内幕……

巨人传

我到这个厂不久,就听说这么件事。

厂里有个小青年,叫蔡华,酷爱文学。废寝忘食地创作,在全国数家报刊发表了不少作品,有的获奖,有的被转载,有的受到好评。在本地文学圈内小有名气,可却不被厂里重用,至今,仍在最苦最累的车间干活。

我就打听不被重用的原因,有人说他不会搞关系,有人说他得罪了厂长,有人说他是个怪人,有人说他不愿坐办公室……

我这个副厂长分管宣传,据我了解宣传工作正是厂里的弱项。

一次,我同厂长闲扯,当我一提蔡华时,厂长粗暴地说:"别提他,不务正业!"

我立刻愤愤不平，难道不比那些整天打麻将、打扑克、喝酒作乐的人强吗？

我真有心顶厂长两句，但又怕闹大了，让职工们看笑话，让上级说领导班子不团结，就强压怒火忍了。但我暗暗发誓，有朝一日说了算的时候，一定重用蔡华。

这一天总算到了，厂长被调到另一个单位。

不料，厂长临走时，单独找到我，嘱托说："有一件事，我求你答应我。"

我说："尽管说！"

厂长说："我走后，你重用谁都可以，就是不能重用蔡华，也别给他调工作。"

我禁不住问："你们之间究竟有什么深仇大恨？"

厂长说："以后我会慢慢告诉你的。"

我心里连连感叹，有多少像蔡华这样有追求、有抱负的人才，都是被这样的混蛋领导给断送的。

第二天，我就把蔡华叫到办公室，同他谈话，准备把他调到办公室当主任。

蔡华一听神采飞扬，眉飞色舞，然后就破口大骂走了的厂长，说他不是个东西。

我问："你们之间到底有什么矛盾？"

蔡华说："也没什么矛盾，他好像就是看斜了我。"

我又问："你就没想和他搞好关系？"

蔡华说："怎么没想，我这是偷着说，有一次还买上两条好烟，希望他重用我，他说什么也不收。我扔下就往楼下跑，他却从窗户里扔了出来。"

几天后，我正在办公室里，电话铃突然响起来，我刚把话筒搁在耳朵上，就听里面喘着粗气骂："你这个混蛋。"

我一下子就听出是厂长的破嗓子，便说："是不是又喝多啦?"

"我一点酒也没喝!"

我也火了，质问："那你骂什么? 哪一点对不住你?"

"你害了蔡华，我断定他再也写不出好东西来了，我是了解他的，当初我也是个文学青年，我的才华就是这样被断送的，你这个混蛋!"

我刚要说什么，那边已挂了电话……

我才不相信厂长的那套鬼话，更不知道他葫芦里卖的什么药。我甚至想到他在嫉妒蔡华，不都是说文人相轻吗?

我是个很爱才的人，我要给蔡华创造一个优越的条件，让他写出更多更好的作品。

我很关心蔡华的创作。自从让他当上办公室主任的那天起，我就盼望蔡华能经常或者隔三岔五地拿着登载他作品的报刊，喜滋滋地到我面前微微弓着腰说："厂长，我又发表了，请您给我指导指导!"

一周过去了，没见蔡华拿着作品来，我想可能因为新环境不适应。

一月过去了，没见蔡华拿着作品来，却经常看见他小脸喝得红红的。

一季过去了，没见蔡华拿着作品来，却经常听见他嘴里哼着流行歌曲。

一年过去了，没见蔡华拿着作品来，却听说蔡华正在闹离婚；这属于个人私生活，我也不便干涉。

有一天，借蔡华向我汇报工作的时候，我忍无可忍地说："最近发表了不少作品吧，是不是不好意思拿出来，要不就是觉得我不懂文学不给我看。我虽然不写，我可很爱读，还特别愿意读朋友、同事和熟人的，都拿来我拜读拜读。"

不料，蔡华说："我早就不写啦！"

我大吃一惊："什么时候不写的？"

蔡华说："从当上主任的时候。"

我说："没当主任前，你怎么写呢？"

蔡华不好意思地笑笑说："那时候是为了受到重用。"

我嘲讽地说："噢，这么说是我断送了你的文学事业。"

蔡华连忙摆着手说："不是、不是，我也觉得奇怪，按说生活环境来了个从地狱到天堂般的变化，应该文思泉涌，灵感倍增才对，可是我却江郎才尽，才思枯竭，再也写不出东西，你说怪不怪？"

我哈哈大笑："要不再让你回去？"

蔡华说："我死也不回去。"

一天，我正在办公，老厂长打来电话："我没说错吧，蔡华是不是写不出东西来啦？"

我说："是。"

我又问："怎么会这样呢？"

老厂长说："古今中外的巨人之所以成为巨人，都是因为要么有巨大的不幸，要么身处逆境。《史记》上说，西伯拘而演《周易》；仲尼厄而作《春秋》；屈原放逐乃赋《离骚》；左氏失明厥有《国语》；孙子膑脚《兵法》修列，韩非囚秦《说难》《孤愤》……"

蒙在鼓里的人

不到两月,李茜和王海就好上了。

问题是办公室里不只是他俩,还有两个人。

一天,李茜对王海说:"咱俩的关系他俩可能看出点破绽。"

王海说:"好像。"

李茜说:"亡羊补牢,为时不晚。"

王海说:"怎么补?"

李茜说:"想办法把他俩蒙在鼓里。"

王海说:"用什么办法?"

李茜说:"守着他俩,你别老是和我又说又笑的。"

王海说:"从此一句话不说,不等于此地无银三百两?"

李茜说:"你不能不说还不能少说。"

王海一咧嘴:"真难。"

李茜说:"你也别一个劲说我多么好多么好,这样能不引起怀疑?"

王海说:"我要说你多么坏多么坏,你高兴吗?"

李茜说:"你不会好坏不说?"

王海说:"嗯。"

李茜说:"最关键的是当着他俩的面,咱们狠狠地吵一架。"

王海说:"对!"

李茜说:"即使他们知道也不怕,他们胆敢说出去,咱就把他们的事也抖搂出去!"

对于李茜和王海的变化,张兰和赵方尽收眼底。

张兰就问赵方:"李茜和王海最近怎么啦?"

赵方说:"没怎么啊?"

张兰说:"你没看出点什么?"

赵方说:"没有。"

张兰说:"他俩之间有矛盾,咱俩调解调解?"

赵方"扑哧"一笑:"他俩演戏给咱俩看。"

"你是说——"张兰摇摇头,"不可能,一个是有夫之妇,一个是有妇之夫。"

赵方说:"李茜没有来之前,王海早上从来来不早。你看现在,哪一天不是他俩到得最早。咱俩来了,他俩装模作样扫地的、拖地的,可脸却红红的。李茜没来之前,王海下午不到点就走,现在呢,哪一天也是他俩走得最晚,还不知道在这里干什么。我还看见过王海的脸上印着淡淡的口红,我还闻到过李茜的身上有王海身上的烟酒味。"

张兰说:"你不是没看出什么吗?"

赵方一愣:"我中计啦。"

张兰说:"他俩还以为咱俩蒙在鼓里。"

赵方说:"咱俩可别打草惊蛇,好戏还在后头。"

赵方说:"对。"

张兰说:"最好是当着李茜的面,咱说王海点坏话,当着王海的面,咱说李茜点坏话。这样他们还以为咱蒙在鼓里。"

赵方说:"对、对、对、对。"

张兰说:"咱们之间的事,他们不会察觉吧?"

赵方说:"不会、不会。"

好好干

李军退伍后分配到银行干守押员,一块退伍的战友羡慕得不得了,他自己也很高兴,老百姓讲的,简直掉进蜜罐里。

一年后,李军渐渐高兴不起来。因为守押员在有些人眼里地位低、清水衙门、危险,不像投资科、会计科、房地产开发公司那样有油水,有权势。

他便去找行长。行长说你在保卫科干得蛮好,为啥要调? 他就诉一番苦,找一些理由,行长说你好好干,组织上会考虑的。

他回去就好好干。

一干就是三年,还是没有调出保卫科。

他又去找行长。行长这次却给他戴顶不安心本职工作的帽子,还在大会小会上点名批评,拿他当靶子,杀鸡给猴看。

他很窝火。

窝火归窝火,他还不敢不好好干,甚至比以前干得更好。他心想:好好干还调不出去,再不好好干更没指望。

这年,保卫科又分来一个退役兵,叫王龙。

王龙不到半年时间,两次枪走火,第二次差点打死人。

王龙马上被调离保卫科。

几年后,已经是信贷科科长的王龙,在一次酒醉后,向人们吐露,那两次枪走火,是他故意干的。

而李军还在保卫科好好干……

家庭会议

一家人好不容易坐到一块，话题老是围着孩子转。

又是一个周末的晚上，坐在上首的爷爷第一口菜还没完全咽下去，就开始说："我的看法是对孩子越严越好，俗话说严师出高徒，棍棒之下出孝子嘛！原来没有现在这些乌七八糟的东西，都有孩子学坏的，更何况时下到处都充斥着暴力、犯罪呢？"

坐在爷爷左首的爸爸不以为然地笑笑说："太严不好，扼杀孩子的想象力、创造力，泯灭孩子的天性，不利于孩子的成长！"

爷爷摇晃着头冷笑一声："算了吧，有多少孩子都是因为管教不严，致使孩子走上邪路。"

爸爸马上反击："有一种现象你注意没有，单位上的那些能人，从小不是没有爸就是没有妈，有的甚至从小失去双亲，你说谁去管教过他们，还不是全靠自己。"

坐在爸爸下首的妈妈接过话题说："是啊，那些孩子，虽然小时候很可怜，但正是这种无依无靠，使他们过早地体验到生活的艰辛、残酷，促使他们过早地脱胎换骨，进行必需的蜕变，这就是所谓的英才出寒家。"

坐在爷爷右首一向沉默寡言的奶奶，一边换着盘子一边说："也没少听说从小少调失教一辈子不成人的孩子。"

坐在奶奶下首的姑姑说："也有很多大人老实巴交，遵纪守法，孩子却胡作非为，无恶不作……"

坐在爷爷对面的叔叔说："对待孩子么,小时候,让他吃好喝好,长一个棒身体,上学时,再给他提供一个优越的学习环境,别的就别管,也管不了,孩子是个活生生的人,而不是一块泥巴,谁说了也不算。有多少大人,都想把孩子培养成天才,结果有几个孩子按大人的意愿真成为什么凤什么龙?"

爷爷白他一眼："照你这么说应该放任自流正好!"

叔叔低下头来呷一口菜嘟哝："不能那么说。"

爸爸说："你和我妈不能太溺爱,他调皮捣蛋,我要是揍他,你们不能护起来!"

奶奶一听,放下筷子说："孩子是一打二吓唬,你手里没数,打出毛病咋办?"

爷爷喝一杯酒说："从小还是让孩子受点约束,吃点苦好。"

爸爸说："不见得。从小受约束、受苦的孩子,长大确实吃苦耐劳,意志坚强,但也不能否认,他们心灵深处有一种悲观厌世、自卑的情绪。"

爷爷的情绪有点激动："你们也不要对孩子太溺爱,别要啥给他买啥,养成乱吃零嘴乱要东西的毛病,这样的后果,花钱大手大脚,不艰苦朴素。"

妈妈说："趁着孩子还小,应该尽量满足他,给他种幸福感。要是现在能满足而不满足他,孩子长大成人,到那时我们再没有能力满足他,不等于让孩子一辈子没得到温暖吗?"

爷爷问："如果太娇惯,后果是什么?"

爸爸说："无非是不听大人的话吗?"

爷爷笑了,说："对,一个孩子连大人的话都不听,他还能听谁的? 还得了吗?"

爸爸说："一个孩子不听大人的话又有什么不得了的?"

这时候，妈妈突然捂着大肚子喊道："哎哟，疼死我了！"

一家人手忙脚乱地说："终于要生了，快送医院！快！"

中　计

　　灰沉沉的乌云像一块脏旧的抹布，蒙住白嫩的冬日的太阳。老赵和小赵骑着自行车，带着菜花赶年集，边走边商量，小赵问："咱卖多少钱一斤合适？"老赵说："物以稀为贵，这些菜花要是在夏天卖不了几个钱，现在可就值钱喽。卖两元一斤吧。"小赵点点头，说："如今人们手里有钱，再不愿顿顿大白菜，也舍得买点稀罕菜吃吃。"过一会儿，小赵摇摇头："集上不光咱俩卖菜，要是有卖得贱的，咱卖不完咋办？"老赵说："先上集转转，没有卖菜花的更好，有卖的咱随大流。"

　　不知不觉来到菜市，卖黄瓜、西红柿、豆芽、蒜苗、油菜的很多，唯独没卖菜花的。老赵咧着大嘴龇着抽烟熏黑的牙说："就那么卖吧。"

　　小赵嘿嘿两声也很乐，找一个挨着卖韭菜的空地说："我在这里卖啦？"

　　"你在这里卖吧，我再往前挪挪。"

　　老赵走出挺远才停下，往地上铺一块塑料布，把菜花摆得整整齐齐，站在菜摊后面，一只手持秤，一只手拿烟，吆喝："菜花，菜花，独此一家，来晚的抢不着啦！"

　　远处的小赵蹲在菜摊后面，不吭不哈，哼起电视连续剧《传说》中的《好人平安》。

这时，一个人走到小赵面前，指着菜花问："怎么卖的？"

小赵站起身来说："两元。"

那人说："便宜点卖不？"

小赵摇摇头："不卖。"

那人说："便宜点多买。"

小赵说："我不说谎，两元就是两元。"

那人一听走开，到老赵摊前停住问："怎么卖的？"

老赵把烟头扔在脚下说："两元二。"那人说："便宜点卖吗？"

"卖。"

那人说："便宜多少？"

"一角。"

那人说："两元吧，卖不？"

老赵说："卖点给你。"

那人秤几斤刚走，又来一人问："多少钱一斤？"

老赵说："两元二。"

这人说："能便宜吗？"

"能。"老赵鸡啄米似的点头。

这人说："多少卖？"

"两元一。"老赵一咬牙。

这人一听走开，走到小赵摊前问："你卖多少钱？"

小赵说："两元。"

这人说："那人卖两元二，你怎么卖两元，是不是菜不好？"

小赵说："我不说谎。"

这人说："卖菜的哪有不说谎的？"扔下菜花，拍拍手走开。

这人走后，小赵也想提高价格，又一想算了，天不好，早卖完早走,为人还是诚实点好。

这人又转悠到老赵的菜摊说:"人家那个卖菜花的卖两元。"

老赵眯着眼笑笑:"一分钱一分货。"

"也是。"这人说,"如果两元卖不?"

老赵略沉吟,似乎下很大决心:"卖点给你,赔本卖,天气又不好。"

不到晌午,老赵的菜花卖完。

小赵才卖了不到一半。天空飘起雪花,小赵抬头迷惑地望着天空……

一只有梦想的青蛙

我第一次来到城市。城里的大马路、大超市、大广场逛遍了,我心满意足地往城外走。当路过一个大院时,我不由自主地停住。确切地说是不由自主地被一个大门里的景色吸引住。

大门两边是长长的白色的铁栅栏围墙。左边是一间警卫室。右边是一道来回伸缩的门,有进出的汽车,铁门徐徐打开,没有汽车时徐徐关闭。在警卫室旁边还有一道小门,供人进进出出。

我一个劲往大门里窥视,一片宽阔的绿茵茵的草地,草地后面有一个大大的圆形的喷池,喷池里有一座假山。假山后面矗立着一幢高高的大楼,许多人进进出出。一个个西装革履,昂首阔步,白白胖胖。我情不自禁地想起乡下的父老乡亲,日出而作,日落而息,面朝黄土背朝天,蓬头垢面,衣衫褴褛,瘦骨嶙峋。

我忽然萌发一个荒唐可笑的念头——到里面去看看。

我犹犹豫豫小心翼翼一点一点靠近大门，当眼看就要跨入大门时，突然从警卫室窜出一个守门人，厉声喝道："干什么的?"

我支支吾吾："我、我、我……"

守门人又问："你找谁?"

"……"我答不上来，里面我一个认识的也没有。

守门人再问："你有什么事?"

我结结巴巴地说："没、没、没事，我只想进去看看。"

守门人说："到别处去看，这里是你随便乱进的吗? 快走! 快走!"

我只好低着头走开。

几天后，我回到家时天已经很黑，结果，被爹狠狠骂一通，说我不老老实实跟着他，一个人乱跑乱窜，还说以后再不带我出门。

可是，那个大门深深地镌刻在我的脑海中，无论如何忘不了。

我几次发誓再进一次城，再找到那个大门，好好跟那个守门人说说，让我进去看看。可爹再也没有带我出山。

我还有一个梦想，那就是好好学习，考上大学，到那个大门里看看。

可现实却粉碎我五彩缤纷的梦想。年迈多病的爷爷奶奶，瘫痪在床的娘和年幼无知的弟弟，已把爹折磨得瘦骨嶙峋，爹哪里还有能力供我上学? 我虽然以名列前茅的成绩考上中学，却仍然没有摆脱辍学的命运。

偶尔我还想去那个大门里看看，觉得进去看看这辈子死了也值，愿望很强烈。

有时我在山坳里干活干累了，坐在树荫下歇着，望望四周高高的群山，一个劲叹息。连绵不断的崇山峻岭仿佛是一圈高高的围墙,把我严严实实包围着。

　　一天夜里,我做了一个梦,梦见自己变成一只青蛙,在井底拼命地往井上爬,可井壁长满滑溜溜的苔藓,爬一点掉下来,爬一点掉下来,无论如何爬不上去。

命运的征兆

　　连长和指导员是邻居,连长住东,指导员住西,俩人门前各植着一簇冬青。

　　连长门前的那簇枝繁叶茂,翠绿欲滴,葳蕤疯长;指导员门前的那簇像身染沉疴的病人,叶黄枝瘦,蔫儿吧唧。

　　排长们说怪,班长们说怪,兵们也说怪。

　　一个仲夏之夜,月朗星稀,清风徐徐,虫儿呢喃,萤火虫挑着灯笼漫步,连长和指导员肩并肩坐在一条长椅上乘凉;间或,漫无边际地神侃。

　　当话头扯起人的命运时,连长半玩笑半认真地道:"看来鄙人的前途还是无量的嘛。"

　　指导员抓了半天后脑勺,问:"何以见得?"

　　连长指指自己门前的那簇冬青,说:"这,不就是征兆嘛。"

　　几年后,二人邂逅。当年的连长已当上团长,而当年的指导员仍是指导员,只不过多转几个连队而已。二人叙起来,指导员自惭形秽地扼腕长叹:"看来,那两簇冬青还真是咱们命运的征兆呢!"

当年的连长一愣,顷刻哈哈一通爽笑:"你说的什么呀,只不过你不喝酒我喝酒,我晚上酒醉回来后,来不及跑厕所,往冬青上多撒几泡尿罢了。"

天　赋

司马青云的字写得歪歪扭扭,很难看,不少人讥笑他,还把他的字叫"司马体"。

司马青云发恨练字。

练字之前,司马青云想应该先向写得好的人请教请教。

他找到老浩,问:"你说练字怎么练?"

老浩写一手好字,说:"练字就像小孩学步,要先学走,再学跑。你横平竖直都写不好,如何笔走龙蛇挥洒自如。练字要先练楷字。"

他回去照老浩的话练,练阵子,没见效。

司马青云想,老浩这一套可能不适合我。

就找到老焦,问:"怎么才能练好字?"

老焦的字也是数一数二,说:"你要练字先临摹。前人给你踏出平坦大道,你何苦再往没有路的地方走。"

司马青云从书店抱回一大堆字帖,比着练。练一阵子,不见起色。

司马青云想老焦这一套也并非灵丹妙药。

就找到老陈,说:"我想练字,却不知道怎么练好,你的字怎么练出来的?"

老陈的字获过几次奖,说:"放开写,怎么顺手怎么写,别让条条框框束缚住,要练出自己的个性。"

司马青云又开始练,练阵子,不但不见提高,而且越练越糟。

司马青云想,这是怎么回事呢?

司马青云就把自己的苦恼,说给老董听。

老董字写得不怎么样,但对一些问题很有独特的见解。司马青云挺佩服他。

老董说:"天赋,没有天赋怎么练也不行。"

司马青云问:"什么叫天赋?"

老董说:"打个比方吧,歌星首先要具备什么?"

司马青云说:"好嗓子。"

老董又说:"让伟大的诗人李白去当数学家,行吗?"

"肯定不行。"

老董笑笑:"对呀,假如一个人没那方面的天赋,怎么培养也不成器。"

司马青云点点头:"原来是这么回事,我说怎么练也练不出字呢。"

司马青云从此打消练字的念头。

司马青云一辈子没写出一个像样的字。

爱　河

一列长长的火车驰骋在崇山峻岭之中。

八号车厢内,她和他就像天外来客对面而坐,漫长寂寞的旅途使他们俨如朋友,真是无缘对面不相识,有缘千里来相会。

"我呀——"她莞尔一笑,秀美的眸子凝望着窗外一只俯冲盘旋的飞鸟,"喜欢邓丽君的歌、张爱玲的小说、席慕蓉的诗。"

"你呢?"她反诘。

"我? 喜欢费翔的歌、钱钟书的小说、徐志摩的诗。"

"啊! 你也喜欢诗,那你可不可以用一首诗描绘我?"显然,她为能邂逅到一位诗友而高兴或者说借此探个虚实。

"最是那一低头的温柔,像一朵水莲花不胜凉风的娇羞……"

聆听着那潺潺流水般的诗,她粉白的脸颊上像搽上胭脂绯红绯红。

……

"前方到站齐城车站,有下车的旅客请做好准备。"播音员小姐的声音悦耳动听。

她和他互通地址和手机号,她先下车。

天高云淡,垄上片片金黄。飒飒秋风里偶有飘舞的落叶,娇艳的花儿卸去红装。一条蜿蜒的小河傍齐城南侧迤逦东去。

"为什么约我在这样的意境里见面?"

"书上说秋季流动性强,最富有诗意,好多好多的千古绝唱都出自秋天……"她临河伫立极目远眺前方俊秀的青山,侃侃而谈。

她飘逸脱俗充满青春活力的气质令人击节三叹;他潇洒悒郁略带伤感的样子更令人怦然心跳。她的诗清新旷远优美明快;他的诗出语明净宛转天成。

"我们俩合出一本诗集吧,书名就叫《爱河》。"她突然转过身几乎偎在他胸前。

"现在出书比写书还难,卖书比出书还难,我的名气又太小。"

"我舅在一家出版社当编辑,他会帮忙的。"她感觉他伟岸的身躯那样难以靠近。

几月后,她和他又出现在那条小河旁,手里各拿着一本诗集。

"我美吗?"她用手拢拢被风扯散的青丝。

"很真、很纯、很靓,诗更美。"

"那我想求你答应一件事。"她的眼眶里泛起亮晶晶的液体。

"不,我不能。我知道你让我答应什么,让我俩永远做真挚的诗友好吗?"

她眼中亮晶晶的液体止不住纵横香腮,索性伏在他肩头泣不成声:"你这又是何苦,我知道你有妻子,可我更知道你生活得很累,你们没有共同语言,你喜欢的是我这样的女孩,也只有我这样的女孩才配得上你,我也爱你,是吗? 是这样吗?"

他眺望着远方动情地说:"是的,你说得都对,我和你在一起感到无限美好和幸福,天是那么蓝,地是那么绿,水是那么碧……可是你想过没有,如果我抛弃了她,她可怎么活?"

她说:"难道爱就是怜悯和同情吗?"

他说:"当然不是,但爱是风雨共济患难与共,是奉献和责任。"

她说:"难道你不痛苦吗?"

他说:"离开她说不定我更痛苦。"

她说:"你们当初是怎么走到一块的,是媒妁之言,父母之命吗?"

他说:"说是也是,说不是也不是。那时候我还不懂事,见了姑娘就脸红,我缺乏追求姑娘的勇气,也没有追求我的姑娘,只有靠父母去给自己找,再说那时候社会风气还不像现在。"

她说:"其实也是一个时代的悲剧。"

他说:"也是一个必不可少的时代。所以说现在我一方面是对真正爱情的渴望,一方面是良心的于心不忍,毕竟她为我生儿育女操持家务这么多年。"

她说:"你这又是何苦呢?"

他长长地叹息一声:"是啊,我也这样问自己。"

他和她静静地伫立在夕阳的余晖中。

突然,河对岸传来一支熟悉而又哀怨的歌:"绿草苍苍,白雾茫茫。有位佳人在水一方。绿草萋萋,白雾迷离。我愿逆流而上,依偎在她身旁,无奈前有险滩,道路又远又长……"

他由衷地说:"这支歌真好。"

她抿着嘴点点头,潜然泪下。

长风挽着夕阳走向天之涯,明天是雾是阴是雨是晴?

哭声与眼泪

张爷爷的几个儿子，老大、老二、老三、老四、老五的孙子都满街跑了，老六却至今未成家。张爷爷也曾给他巴结上个媳妇，可媳妇过门后大半年，就跑回娘家，说老六不是个男人。

张爷爷今年九十高龄。二十年前老伴谢世后，他也得了半身不遂病。这种病，不妨碍吃不妨碍喝，就是半个身子不会动。二十年间，端屎端尿，洗衣喂饭，老六一人伺候。老六不但没有一句怨言，而且靠收酒瓶子挣钱，给爹打酒、买烟、称茶、买瓜果桃李。

张爷爷经常红着眼圈说："那几个玩意儿有你一半孝敬，我就知足。"

每当这时，老六便沉下脸说："爹哎，你絮叨这些做啥？我缺过你吃缺过你喝还是缺过你花？"

张爷爷苦笑几声："不说，不说。"

一天夜里张爷爷一声没吭安然溘逝。

出殡这天，唢呐奏着哀乐，雪花漫天飞舞，村中那条凸凸凹凹的大街两旁，站满全村的男女老少。

张爷爷的后裔身穿孝衣孝服，排成一条长蛇形的队伍向村外缓缓蠕动，边走边哭。

那哭声响彻云霄此起彼伏，像比赛；好像谁哭得声音最大最响谁最心疼张爷爷"爹——""爷爷——"。

村民们发现，唯独老六哭声最低眼泪流得最少，只是低着头在后面默默地走。

该死的门

那时候,他还不是那个单位的人,偶尔去那里办事,发现出出进进的弹簧门坏了一扇,推不动,敲不开,他真担心另一扇门再坏,可怎么办。

后来,他属于那个单位的人。

再后来,领导任命他为那扇门里的头。新官上任三把火,他决定第一把火先从门上开始烧。

这是个离机关又远又小的单位,只有十几个人,并且没有经费,连用瓶墨水都要到上面申请。不过,他有信心修好门。

他想修缮之类的事可能是行政科管。

他低三下四地找到行政科长,没想到人家说:"门属于安全保卫方面的工作,你该去找保卫科。"

他想想也对,就唯唯诺诺地退出,去找保卫科。找到保卫科长,科长说:"门坏,怎么能找保卫科,应该找行政科,行政科管后勤保障工作。"

他说:"找过,是行政科长让我找您的。"

科长愤愤地说:"扯淡,那你去找分管你们业务的科室。"

他没办法,只好去找业务科,业务科长一听就来气:"业务科就啥也管?业务科光管业务,不管别的,去找行政科!"

他说:"找过,行政科说保卫科管。"

"那就找保卫科。"

"也找过,是保卫科让我找您。"

"胡闹,那你去工会。工会的职责是维护职工的合法权益,他们应该管。"

他恭恭敬敬地找到工会,主席说:"工会这事管不着,去找分管你们的业务科。"

"找过,不管。"

"找保卫科。"

"找过,不管。"

"找行政科。"

"找过,不管。"

"基建科也找过吗?"

"基建科不是撤了?"

"撤了也该找他们,建筑队是他们找的,什么好处都捞了,能保证施工质量?才用多长时间啊,门就坏。跑了和尚跑不了庙,找他们去!"

他战战兢兢地找到原来的基建科,科长一脸不高兴:"你咋乱找呢。你又不是不知道,基建搞完,基建科也就完成使命,现在是计划科。"

他说:"原来不是你们管吗?"

"原来是原来,现在是现在。不在其位,不谋其政。"

他说:"所有的科室我都找过,都说管不着,到底该谁管?"

"这还不好办,去找一把手。"

他赌着气走进一把手办公室。

一把手听完他的汇报,说:"你先回去吧。"

他想这次烧香找对庙门。通过这件事,他联想到好多东西,一个劲叹气。

一把手亲自过问这件事,并在中层干部会议上对这种现状作严肃批评。很快,门修好。不过,他的工作却更难干,甚至陷入群起而攻之的窘地。不久,他头上的乌纱帽飞到别人头上。

也直到这时,他才悟出为什么那扇该死的门一直坏着,没人修。

箱子里的无价之宝

奶奶没有告诉两个儿子箱子里装的是什么东西便驾鹤西去。

奶奶直到咽最后一口气,比起村里其他老人算是最有福气的。两个儿子不但争着抢着养她,而且比着赛着给她吃穿。这并不是奶奶教子有方,也不是两个儿子特别仁义,而是因为奶奶那个传说中的箱子。

奶奶的老伴死得早,孩子们又还小,奶奶的前辈把偌大个家业和一个箱子郑重地托付给奶奶便躲到极乐世界去了。年轻漂亮的奶奶不善理家聚财,又爱仗义疏财,扶贫救济,家业在奶奶手里便渐渐萧索。有人骂奶奶是败家子,有人劝奶奶给儿孙留下点基业。奶奶不以为然:"留它作甚?日后儿孙们若有大志怎会将这区区家产放在眼里?日后儿孙们若游手好闲纵然有座金山也会坐吃山空。"奶奶很快变成穷光蛋,不过传给她的那个箱子,她却好好地收藏着。奶奶把箱子视若命根子,从不许两个儿子靠近。传说箱子里装满价值连城的金银财宝、细软器皿,谁得到它八辈子受用不完。两个儿子觊觎已久。

两个儿子匆匆忙忙给她发完丧，迫不及待地分遗产。四间屋每人两间，你搬水缸我搬桌子，一口锅没法分，砸开一人一半卖铁。最后，轮到那个箱子。

老大说："我把我分到的这份家产给你，我自己要这个箱子行不？"

老二说："我把我分到的这份家产给你，我自己要这个箱子行吗？"

箱子历尽沧桑，不知传了多少代，已褪成暗紫色，有些地方的漆已脱落，像一块一块的疤，一把锁也锈迹斑斑。

达不成协议，老二说："撬开它！"

老大说："你忘了咱娘临终时说，无论谁要了箱子，千万别打开，你的晚年会很幸福，否则不堪设想。"

老二说："这么说咱奶奶的上一辈也不知道箱子里是什么？"

老大说："嗯。"

老二说："那怎么办呢，你我都想得到它？"

商量来商量去，也没商量出个结果，最后还是决定打开箱子。

老大把锈迹斑斑的钥匙插进锁孔转动大半天，打不开。老二往锁孔里滴几滴煤油，仍打不开，又往锁孔里削少许铅末，还是打不开。

"撬开！撬开！这是啥破玩意！"老二抹着额头热气腾腾的大汗，气急败坏地说。

老大找来一把螺丝刀，两个人吭哧半天，费九牛二虎之力，终于撬开了那把从来没见过的怪模怪样的锁。

老大和老二迫不及待地掀开箱子的上盖，脖子抻得长长的，眼睛瞪得又大又圆，都想看看里面，到底藏着什么稀世珍宝，令人万万没想到，箱子里竟然什么都没有——空的。

气得老大飞起一脚，把那把撬坏的锁，踢出老远老远。

一个捡破烂的正好路过,弯腰拾起来拿走了。

那个捡破烂的把锁卖给了废品收购站。一个专门收藏锁的人,在如山的破铜烂铁中,发现了那把锁。

多年以后,无论别人出多少钱买那把锁,他也不卖。据说,那把锁价值连城。

走　访

晚上,时贾坐在临窗的写字台前,铺笺提笔,吐一个烟圈,说:"快过年了,走访哪些人好呢?"

"先写上一把手!"袁玲坐在床上一边打毛衣一边说。

"对!"时贾手腕一抖,一把手的大名跃然纸上。

"走访一把手就得走访二把手,以后万一当上正的,能不给咱穿小鞋?"袁玲略停一下手里的针。

"对、对。"时贾唰唰几笔,二把手的大名龙飞凤舞地出现。

"走访一把手、二把手,能不走访三把手? 一旦传进他的耳朵里,他心里能不恨着咱?"

"写上。"时贾又把三把手的名字写上。

"走访他们,书记呢? 何况你已递交入党申请书?"

"对对对。"时贾把书记的名字排在三把手的屁股后,紧接说,"车间主任也是个举足轻重的人物啊。"

"那你写上呗。"袁玲说,"工会主席呢? 现在提倡工会参政议政,再说申请救济款,要想弄个工会积极分子都得他点头。"

"写上了。"

"还有财务老总,报销个这费那费的都得他签字,掌握着财政大权。"

"对啊?"

"对就写上!"

"后勤老总——"时贾略一迟疑。

"吃喝拉撒睡都用得着他。"袁玲的小脸上泅着笑说。

"人事处长,要想进步他很关键。"时贾一边说着一边写,"还有办公室主任——"

"你一个劲光知道写,多少人啦?"袁玲问。

"一二三四……"时贾一边数一边念。

"太多了,咱哪有那么多钱?"

"去掉谁合适?"时贾搁下笔,两条胳膊交叉盘在胸前,望着窗外五颜六色的霓虹灯。

"哎,刚才忘了,一把手和二把手是针尖对麦芒! 听说快调走一个了。"

"那就只走访一把手。"

"一旦调走的是一把手呢?"

"那就只走访二把手?"

"你看你这人,一旦调走的二把手呢?"

"要不不走访书记?"

"要是一二把手鹬蚌相争,三把手坐收渔利当上正的,书记成了二把手呢?"

"要不就不走访车间主任。"

"县官不如现管啊。"

"要不一个一个地请。"

"不就不走访啦。"袁玲扔下毛线打一个哈欠往床上一歪。

"别人都走访,咱不走访,领导还能给咱好果子吃?"时贾说。

"走访的人那么多,领导还能记住谁走访谁没走访? 说不定领导就忘了。"

"你才说错了,现在不是流行一句话吗?"

"什么话?"

"谁走访领导忘了,谁没走访领导可没忘。"

"要不,咱也不要求什么进步了,谁也不走访了,爱怎么着怎么着吧。"

"不想进步不要紧,问题是还想不想在这里混。"

"想,怎么不想,不在这里混,我们到哪里去?"

"要想在这里混,哪里都得打点到,不然……哼……"

"那你说怎么办?"

时贾陷入沉思。

要变成蜻蜓的孩子

星期天一家三口约好上街去玩。

爸爸一把抱起往门外蹒跚的儿子。

儿子嚷:"我自己下楼!"

爸爸说:"跌倒摔着。"

下了楼,儿子喊:"我下来!"

爸爸说:"自行车碰着。"

上了宽马路，儿子说："我自己走。"

爸爸说："汽车碰着。"

儿子指着爸爸的额头："你冒汗水了。"

妈妈把儿子接过去："我抱你。"

到了商业街，儿子说："这里没车。"

妈妈说："人多踩着挤着。"

拐进一条巷子，儿子说："我走走。"爸爸妈妈前后瞅瞅，发现人少车稀，把儿子放到地上。不过，爸爸牵右手，妈妈牵左手，把儿子夹中间。

儿子挣脱着："放开、放开。"

爸爸妈妈说："不行、不行。"

"哇——"儿子一屁股蹲下去哭。

爸爸妈妈只好松手。

儿子破涕为笑，像出笼的小鸟，撒腿往前跑。前面有一只蜻蜓，像一架小小的飞机，低低地飞，儿子去捉。就在儿子快追上伸手捉时，蜻蜓猛地升上天，儿子闪倒。

爸爸妈妈慌慌张张地跑过去，一个检查摔伤没有，一个嗔怪地问："疼不？"

儿子摇摇头。

爸爸妈妈松口气，抱起儿子继续往公园走，儿子还要下来，爸爸妈妈说什么也不让。

走一段路，儿子在爸爸的背上说："爸爸，我要变成一只蜻蜓。"

妈妈问："为什么？"

儿子说："可以自己飞。"

爸爸说："莫瞎说。"

全民微阅读系列

富翁与乞丐

你衣不遮体蓬头垢面,游荡在鳞次栉比冰天雪地的大街上,手里端着一个锈迹斑斑的破铁碗,见人便哆哆嗦嗦地伸到人家面前,有人给你钱你漠然置之,有人不给你钱你也漠然置之。如果不是求生的本能,你似乎可以像一片干巴巴轻飘飘的枯叶,躺在路沿石边上,任凭猛烈寒风的肆虐。

你的日子很不好过,人们的同情怜悯之心,似乎都被风刮跑,一分钱都不肯施舍。终于有一个人扔给你几个硬币,不过这个人扔给你钱的同时撇着嘴扔给你几句话:"你不少胳膊不少腿,咋活得连条狗都不如。"

你这个人是扫大街的,每天早上挥动着大扫帚,把路边的脏物、尘土、粪便扫起来,蹬着垃圾三轮车送到城外的垃圾场。

一天,你蹬着一车又脏又臭的垃圾,混杂在汽车、摩托车、自行车的大街上。一个骑自行车的吐口痰说:"可熏死人了,这是人干的活吗?叫我说死也不干。"

你这个人是摆地摊的。一天,你站在毒辣辣的太阳下,卖烤地瓜,与一个买主发生争执,吵着吵着,这个人挖苦你说:"你一个臭摆地摊的有什么了不起,下三烂。"

你这个人是坐办公室的,风吹不着,雨淋不着,一杯茶,一支烟,一张报纸看半天。

一年,你的孩子得了病,能治,但需要花上百万元。你东借西凑仍不够,只好眼睁睁看着心爱的孩子死去。

这件事让一个当官的听说,这个人嘲笑道:"要是让我摊上这种事,我有的是钱有的是关系,简直是张飞吃豆芽小菜一碟,那人可真是个窝囊废!"

你这个人的确很能,八面玲珑神通广大呼风唤雨,都说你前途无量。可天有不测风云,你东窗事发锒铛入狱。

被你以前开除如今是大款的一个人听说后说:"活该,我看他罪有应得,贪污受贿吃喝嫖赌。你看我钱再多也不犯法,有钱爱咋作咋作。"

你这个人财大气粗目空一切为所欲为,过着纸醉金迷声色犬马的生活。人心不足蛇吞象,你又做一笔大买卖,几乎是孤注一掷,事成之后,可以跨入中国首富的行列。万万没想到,你赔得血本无归。要账的人四处找你,吓得你东躲西藏。

你的最后结局是被人打断双腿扔在大街上。

从此,开始你的乞丐生涯……

生存还是毁灭

"嘟——嘟——嘟——"语音小姐报完高考分数,16866 高考分数查询热线响了好一阵子,他手握着的听筒还挂在耳朵上,久久不愿放下来。他多想电话报错了。他简直不相信是真。他不知道下一步怎么办。

"你给我滚出来!"他冲着儿子紧紧关闭着的房门怒不可遏

地喊道。不亚如一声巨雷，震得窗玻璃嗡嗡作响。儿子的房门一动也没动。他等了一会儿还是没动。他疾步走过去，朝房门踢几脚："听见没有，滚出来！"房门终于缓缓地开了，儿子低着头满脸泪水出现在门口。

他和儿子几乎面对面站着，他感觉眼里喷射着烈火："你怎么考的，考了这么点分？"儿子的胸脯急遽起伏，像波涛汹涌的海面，冲出房门坐到沙发上，低着头，胳膊肘支在膝盖上，十个指头互相搓捏，微微颤抖。

"你知道我花了多少钱，操了多少心吗？"他狠狠盯着儿子。

"我就不愿意考好？我就愿意考这么低？"儿子头也不抬，脸上的泪湍急，面部表情剧烈扭曲。

"行了，考不上就考不上吧。"妻子从卧室里走出来，站在客厅中央说。

"你说得简单，说得轻巧！"他阴沉着脸，瞥一眼妻子，"孩子找不到工作怎么办，孩子找不上对象怎么办。再说我们俩都是初中毕业生，没文凭没学历，受尽了歧视，一辈子窝囊废，还能让悲剧再在孩子身上重演吗？"

"上大学有什么用，国家不包分配，你看多少大学生找不到工作。"妻子坐到沙发上，叹息一声。

"这就是新的上学无用论。有多少家长就是被这种错误的观念坑害，又有多少孩子被这种错误的观念误导。噢，上大学找不到工作，不上大学就能找到工作啦？"他扔掉烟蒂，马上又点上一支烟，浓浓的烟雾弥漫在他们这三口之家之间。他们的脸渐渐模糊起来。

"咱俩都没上过大学，不也有工作，活得挺好？"妻子递给儿子一张抽纸。

"时代不一样了。咱那时候是计划经济时代,这是市场经济时代。那个时候分城市户口、农村户口,城市户口的国家负责分配工作,农村户口的国家分地。现在呢? 农村的孩子最赖还有几亩地种,城市户口的孩子连亩地也没有啊。"

他大口大口吸烟。

儿子一下一下抽泣。

妻子一声一声叹息。

"这时候咱家里要是有当大官的有当大老板的也行,咱什么也没有啊,咱就指望孩子好好读书,谁让咱是平民百姓呢?"他瞪一眼妻子,妻子别过头看窗外。

电话、手机此起彼伏,谁也没有接,任凭它们嚎叫。平时听起来悦耳的铃声这时也变成号啕大哭。亲朋好友都在打听孩子考了多少分。天色暗下来,谁也没去开灯,屋里一层一层涂着黑色。他的泪像不争气的儿子爬出眼眶,他想这夜多少孩子笑,多少孩子哭,多少孩子跳楼。想到这里,他打了一个冷战,扭头看看儿子,儿子的脸看不见,只听见压抑不住的抽噎声。他站起身,走到门口"咔"按开开关,灯光一下子把黑暗推出屋外,他对妻子说:"快去做饭。"

几天后,他进门时看见父亲坐在沙发上,戴着老花镜眯着眼端着晚报看报纸。"嘭"重重的带门声才把父亲的目光从报纸上拽到他身上。母亲系着围裙在厨房里忙碌。他的屁股还没落到沙发上,父亲的声音已经钻进他的耳膜:"孩子考了多少分? 打电话你也不接。"他阴沉着脸:"别提了,考得很低。"

父亲指着报纸:"别给孩子压力,今天的报纸上说昨天有个高考的孩子考得很低自杀了。"

他本来心里生气,父亲这一说他更生气:"压力、压力,你从小就说别给孩子压力,你就不怕他以后没饭吃的压力?"

正在往茶几上端菜的母亲,听见他敞着嗓门的话,像是责备又像是安慰地说:"我一个字也不识,和你爸不也过得挺好?"

他轻蔑地看一眼母亲说:"更得让孩子上大学,没文化什么也不懂。连怎么过上好日子的都不知道怎么过上的。"

"你说怎么过上的?"母亲不满地说。

"怎么过上的? 还是多亏了上学。我爷爷那时候是地主,那么有钱,把父亲送到省城去读书,高中毕业参加了工作,后来因为家庭成分不好,打成右派遣送回老家,你们结婚成家。后来平反恢复公职,全家回城,过上了现在的日子。要是我爷爷当初像其他的土财主一样,不供孩子上学,就是有金山银山,被扫地出门,最后还不是一无所有,过着穷日子? 说不定你们老无所养病无所医,早就走了,活不到八十多。从历史的长河看,物质财富说没有就没有了,精神财富是无法被剥夺的,是一代甚至是几代的财富。"

"算啦、算啦,快吃饭吧,少说你那些歪理怪论。"母亲一边往厨房走着一边说。

下了几天几夜的雨终于在周六的傍晚停了,人和车从建筑物里钻出来,冷冷清清的街道开始热闹起来。"走,咱去吃羊肉串,聊聊。"他对儿子说。

"打算怎么办?"他一扬脖子喝一杯啤酒。

"不知道。"儿子拿起一根滴着油的肉串吃着。

"小学六年,初中三年,高中三年,就这么结束啦?"他像是对儿子说,又像是自言自语。

儿子低着头嚼肉串,不说话。

"你今年十八,不上学干什么呢?"他连喝了两杯啤酒,似乎在酒中寻找答案。

一阵沉默后，他说："去学着做买卖？"

儿子不吭声，好一会儿才说："你有那么多钱？"

"去当兵？"他想了想说。

"就我这高度近视，能验上？"儿子诘问。

"再上一盘鱿鱼。"他冲服务员说完，想了想说："要不去打工？"

儿子不屑一顾地笑笑："我不去，又脏又累还不挣钱。"

"那你打算干啥？"他看着儿子。

儿子咽下一口肉，清清嗓子说："哈利波特中有一句台词，不管我们面对什么处境，不管我们内心多么矛盾，我们总要做出选择。我们要做个什么样的人，取决于我们选择做什么样的人。"

他急忙把一口酒喝下去，差点没让儿子的话把他逗笑了，喝慢了会喷出来："你想做个什么样的人？"

儿子也叹口气："我也不知道，但我不甘心，我真的不甘心，不甘心这么一辈子。到底是这个社会太残酷还是我太无能？"

儿子说完望望天，天很黑反而把星星衬托得特别亮，虽然儿子仰着头，泪却从脸上哗啦啦滚下来，泪珠像天上的星星又亮又大。儿子的脸像天空，脸上布满了星星，在黑夜中闪闪烁烁。

他也哭了，泪水湿透了眼睛，他擦一把眼泪说："咱复读吧。再拼搏一年。"

儿子说："再复读一年就能考上？有的同学复读一年还不如第一年考得好。再说复读一年至少提高一百分才能考上。"

他说："复读吧，能考上更好，考不上咱也无怨无悔了。"

儿子勉强点了点头。

他举起杯说："来，你用水，咱碰一杯，祝你明年金榜题名。"

他嘴上这么给儿子打气，心里却说，万一明年再考不上怎么活呀？

第二年的 6 月 24 日下午，他走出家门，不敢拨 16866 高考查询热线电话。街上的人太多了，与其说走不如说挤。突然短信响了，他几乎是哆嗦着掏出手机，看儿子发来的短信："爸爸，我考上了！"

本该流汗的脸上，却在流眼泪。

拿不拿东西

晚上他和妻正坐在家中看电视，电话突然响了。

他摸起电话，说："喂？"

"是小王吗？"电话里问。

"是啊。"他已听出是谁的声音，便说："是刘老师，您有什么事？"

"是这么回事，明天小马、小石、小冯都来玩，你也来吧，好长时间没聚了。"

"他们几点去？"

"11 点。"

"我一定到。"

他刚要放电话，电话里又说："记住别拿东西，每次来都带那么多东西。"

他连忙说："好、好、好。"

放下电话后,妻问:"谁打来的电话。"

他说:"刘老师。"

妻问:"什么事?"

他说:"叫我明天中午上他家喝酒。"

妻说:"那你就去,不正恣了你,还叹什么气啊?"

他说:"刘老师在电话里嘱咐不让拿东西。"

妻说:"不拿就不拿呗。"

他说:"假如那是句客套话呢? 你如果赤手空拳地去,刘老师会不会想,不让你拿你就不拿,看来你骨子里小气。"

妻说:"那就拿东西。"

他说:"要是那是句真心话呢? 我如果拿着东西去,刘老师会不会生气? 刘老师会不会这么想,不让你拿,你偏拿,是不是怕我上你家时空手怎么着!"

妻说:"还是不拿东西好!"

他说:"问题不光我去,还有几个朋友,万一他们拿,我不拿,多丢人。真成了猪八戒照镜子里外不是人啦!"

妻说:"拿吧、拿吧、拿吧。"

他说:"万一我拿,他们不拿,他们心里肯定不满。不又赔了夫人又折兵?"

妻说:"你说咋办? 拿也不行,不拿也不行!"

他略忖,忽然眼睛一亮,说:"我装病不去不就行啦?"

妻说:"那更不行!"

他问:"为啥?"

妻说:"你不知道你刚提了个屁事不管的副科长啊,以前逢请必到,这次说有病,让人家怎么想,往后你还怎么在社会上混啊。"

他说:"对、对、对、对、对!"

压岁钱

过年时，亲朋好友都给孩子压岁钱。

还在襁褓中的孩子，分不出钱与废纸有什么不同，手里一张钱，常常是玩着玩着，就撕成碎片。每当这时，大人赶快把钱夺过去，装到自己的衣兜里。

孩子一点点长大，一点点长大的孩子，从原来什么也喜欢，就是不喜欢钱，到现在什么也不喜欢，就知道喜欢钱。

渐渐地，压岁钱孩子要自己收自己保管。更好笑的是，孩子还动不动比比谁的压岁钱多，谁的压岁钱少。

别人直接给孩子的压岁钱，孩子装起来；别人递到大人手里的压岁钱，孩子没看见，大人装起来。孩子看见别人给大人的压岁钱，客人走后，孩子跟大人要，大人很不情愿地拿出来。

又快要过年了，大人把孩子叫到跟前，说："你还小，压岁钱，我给你保管吧。"

孩子说："不行，我的事不用你管。"

大人说："其实那些钱都是我的。"

孩子问："为啥？"

大了说："是我早送出去，人家现在又送回来的。"

孩子说："那你说说，是给你的压岁钱，还是给我的压岁钱。"

大人被问得哑口无言，过了一会儿才说："你保管不要紧，别乱花钱。"

孩子一声没吭跑出门去。

一天，大人看见孩子手里拿着一个玩具，问："谁给你的？"

孩子说："我自己买的。"

大人问："谁给你的钱？"

孩子说："我自己的钱。"

大人刚想问谁给的钱，忽然想起孩子手里有压岁钱。

一天，大人看见孩子吃零食，说："不是不让你吃那些乱七八糟的零食吗？没看见电视说南方有个小孩乱吃零食死了吗？"

孩子说："你没看见别的小朋友都吃零食吗？"

大人越想越觉得不安，孩子手里有钱会不会去网吧呢？会不会去游戏厅呢？会不会买不健康的书刊呢？会不会……

大人越想越觉得不能让孩子手里攥着些压岁钱。晚上，等孩子睡熟后，大人开始在房间悄悄地找孩子的压岁钱。一直折腾到半夜，每个房间都翻遍了，也没找到孩子的压岁钱。

孩子会把压岁钱放到哪里呢？

怎么才能让孩子交出压岁钱呢？

没打错

"嘟……"卧室里的手机响了。

她刚要起身，他离门近，说："我的。"已走进卧室。

他拿起话筒还没等说话，电话里一个女人轻轻问："你自己在家吗？"

他瞥一眼客厅："都在。"

对方沉默。他刚要再说话,电话里传出忙音,对方已挂断。他听着像她的声音又不像她的声音。

她问:"谁打的?"

他一边往沙发上坐一边说:"赵刚,没什么事。"

第二天下班回来,他看见她饭不做,菜不买,倒在床上睡觉。

他摸摸她的额头问:"病啦?"

她一把将他的手拨开:"少碰我!"

他又问:"和别人闹别扭了?"

她翻身给他一个后背。他扳着她的肩头:"到底怎么回事?"

她忽然爬起来,老虎似的问:"你说昨晚的电话是谁打来的?"

他说:"不是和你说过吗?"

她说:"我问了,赵刚根本没打。"

他心里咯噔一下,心想弄巧成拙了,便说:"确实不是他打的。"

"是谁?"她追问。

他说:"可能是个打错的电话,我真不知道是谁。"

她问:"男的女的?"

他说:"是个女的。"

妻问:"为什么撒谎?"

他说:"怕你误会。"

她立刻转怒为喜,还送他一个吻,说:"我相信你。"

他说:"不怕我又撒谎?"

她说:"你绝对没撒谎,那个电话是我一手制造的,没打错。"

老 伴

　　那天早上你睡觉醒来，发现枕头边上靠着墙蹲着一条狗，伸着血红的舌头，瞪着乌黑的眼睛。当时屋里没有别人，你吓得哇哇大哭起来。大人听见后，闪电般窜到床边，抱起你拍打着问："怎么啦，宝贝？"

　　你一边哭一边伸出小手指指那条狗。

　　大人笑了，说："吓着宝宝了，那是玩具，不是狗。"

　　可你还是怕极了，紧紧搂着大人的脖子，贴在大人身上，不敢看那个玩具。

　　那天大人带着你去走亲戚，快到亲戚家时，你从大人身后跑到前面，推开大门往里跑。突然，天井里蹲着的一条大黑狗，爬起来箭一般扑向你，吓得你掉头就往回跑，刚好大人进来，你一下子钻到大人身后，不敢露头。

　　大人说："狗被铁链子拴着，咬不着你。"

　　可你还是怕极了，藏在大人身后走进屋。

　　那天，你的一个同学打电话，说给你介绍一个朋友，说那人多么多么好。

　　你说我已经找了。

　　又一天你的一个朋友找到你，要给你介绍一个朋友，说那人要多好有多好。

　　你说我已经找了。

还一天你的一个同事，向你求婚。

你说我已经找了。

你经常想起一个人——你的第一个男人。那年你才 19 岁，那个男孩爱你爱得死去活来，无数次地发誓，一辈子为你当牛做马。你激动得热泪盈眶热血沸腾，把你的全部都给了他。后来，他成了大老板，甩给你一大堆钱，搂着一位佳人远渡重洋去了。好几年后你的心才不再流血。

你还经常想起一个人——你的第二个男人。你对他很满意，心想他会抚平你心灵的创伤，你只是有点担心他会不会真心诚意爱你的孩子，他痛哭流涕地说，为了你的孩子，婚后他宁可不要孩子。你彻底相信了他。可几年后，他把你的存款洗劫一空，一走了之……

你也有时想起另外一个人——你的第三个男人。一个比你大十几岁的男人。你对他那么痴心，他却是那么无义，玩弄够你后，另觅新欢。

仍然不断有人来向你求爱、提婚。

你仍然一次一次说我已经有了。

每当夕阳给大地铺上一层红地毯，你喜欢踩着红地毯到室外散步，与你一起散步的是一条雪白的小狗……当夕阳卷起红地毯，月亮水一样淌满大地时，你趟着月亮水回家，只是你怀里抱着小狗，亲了又亲……

霸 主

宁戚,才华出众。他看到诸侯国互相争战,弄得民不聊生,便决心辅佐一位贤明君主,干一番富国强民的大事业。他听说齐桓公有宏图大略,重用人才,便决心到齐国来。可宁戚家里穷。卫国离齐国路途遥远,怎么办呢? 他便给要来齐国做买卖的商人做了赶车夫,他们在路上走了许多日子,这天傍黑赶到了临淄城西门外不远的地方。听说城门已经关了,便在大路旁康浪河畔一家客栈停下来住宿,等明日进城。

到了凌晨时分,忽听人声喧哗,从城里走出许多人,前边有武士开路。宁戚一打听,才知是齐桓公出城去民间访贤。宁戚认为机会到了,便一只手给牛拌草,一只手拍打着牛角,唱起《牛角歌》。

齐桓公正走到这里,听得这歌声,觉得此人出言不凡,颇有来头,便命管仲去察访。

第二天,管仲去见宁戚,说明来意,不料,宁戚只是说:"浩浩乎白水。"管仲不解其意,身为一国之相,又不好再问,回到家里愁得食不甘味,坐卧不宁。管仲妻问有什么事愁得这样,管仲叹口气说:"咳,人家说的话,我都听不明白,你一个妇道人家能懂什么。"管仲妻子不服气地说:"不要瞧不起人。老、弱、残、少者,一样能做大事。昔日先君姜太公,七十多岁了,还在渭河之滨钓鱼,八十岁才被周文王拜为太师,伐纣灭商,为周王朝立下了汗马功劳,九十多岁封于齐国当了国君。您能以为他老了就不行吗?商朝初期,有一个叫伊尹的人,原本是有莘氏随嫁的一个奴隶,汤公见他有才能,立他为三公,他把国家治理得很好。你能以为他出身微贱就无能吗?圣子五岁,帮助禹治水,出了好多好主意,禹都非常佩服他,你能以为他年幼就不行吗?牛犊刚生下来,站都站不稳,但用不了几年,就胜过其母,你能以为它弱就不行吗?"管仲被妻子说得满面羞愧,便对妻子说:"桓公让我去察访一个从卫国来的人,这个人叫宁戚,我去了后,宁戚只说了一句'浩浩乎白水',我不知道他说的什么意思,故忧愁万分。"妻子一听,微微一笑说:"人家不是已经把意思明明白白告诉你了吗?一首诗里有这样的句子'浩浩白水,儵儵之鱼,君来召我,我将安居,国家未定,从我焉如。'意思不是明摆着愿意听齐王的召唤吗?"管仲恍然大悟,更加佩服宁戚的才华,立刻上朝奏知齐桓公,说宁戚是不可多得的人才,建议让宁戚做大司田(相当于现在的农业部长)。

不料,好多大臣不服说:"宁戚是卫国人,卫国离这里又不远,不过五百里路,不如派人到他的家乡打听打听,如果他确确实实是贤能之人,再任用也不晚。"

齐桓公说:"不可,如果派人去打听,假如他得罪人太多,那里的人肯定过多的是说他的种种陋习,说得他体无完肤,这样他的才能和美德就被掩盖了。假如嫉妒他的人太多,也会往他身上泼脏水。作为一个人谁又能做到十全十美呢?到那时我们又怎么能敢重用他呢?用人就要用人之长,而不是用人之短。"

天下听说此事后,人才纷至沓来,辅佐齐桓公,成其霸主。齐国由此从一个弱国,终成春秋之霸主战国之雄。

门里门外

我握住亮晶晶的门把手轻轻一拉,原想就可以进到里面去了。岂料,门却纹丝没动,我又用上点劲拉,仍然纹丝没动。我瞥一眼细细的锁孔,说:"还没开门?"

和我一起来的小月说:"咱在门口站站等等吧。"

我说:"就属咱积极,来得最早。"

小月说:"今天学习的人准少不了。"

我说:"一个分局来两人,全省就是几百人。"

这时,又来了两个人,见我俩站在门口,很自觉地站我们后边,继续聊他们路上的话题。

我悄悄说:"大城市的人就是文明!"

小月点点头。

房门正冲着楼梯,在这座大楼上班的人看来都走后门,又值上班高峰,楼梯上熙熙攘攘。办公楼上的人,似乎很见过世面连看都不看我们,不像我们这些成年累月不出门的小职员,对什么都感到好奇新鲜。

后面已站上好几人,因为冷,有往手上哈气的,有跺脚的。不过,大家都聊得很开心。不时有笑声像水泡一样冒起来。

来的人越来越多,已经排起一条长龙。

一个大腹便便的人,从一辆豪华轿车上钻出来,见门口排着长长的队伍,问:"你们怎么不进去?"

人群里有人说:"还锁着门。"

那人说:"怎么搞的,小赵快来开门!"

从一个办公室传出声音:"小赵一早就去买水果了,你不说今天上头来人吗?"

那人说:"谁还有钥匙。"

"王科长有,还没来。"

"给他打手机,马上送钥匙来,怎么搞的?"

一会儿,有人在办公室喊:"王科长回电话,钥匙丢了。"

那人说:"赶快找小赵。"

"那么大个水果市场,往哪里找?"

"打手机啊!"

"手机没人接!"

那间办公室的人急得出出进进,如热锅上的蚂蚁。

正在这时,小赵回来了。

那人气汹汹说:"你怎么搞的,不早开门?"

"开着。"小赵说。

在场的人都大吃一惊,异口同声:"开着?"

小赵从人们闪开的人胡同走到门前,用手轻轻一推,门果然开了。

我说:"我几年前来考试就是拉开门的。"

小赵说:"门坏了,早就改成推门的。你怎么就不推推试试呢?"

我站在最前面,心里懊悔极了,心想是啊,自己怎么就没推呢? 也怪自己多年养成的拉门的习惯。

这时,小赵自言自语:"往里拉不行,必须往外推。不然,累死也没用!"

会写字的蛇

无人的村庄

　　人星继征服火星、金星、水星、木星、金星、月星、冥王星之后，又征服一颗最新发现的星球——空星。天生喜欢探险的我，报名参加去空星探险的探险队。我们乘坐的隐形飞船降落在空星一座大山的山顶上，在往山下飞的途中，我因为被独特的风光所吸引，与探险队失去联系。我只好唱着《隐形的翅膀》独自往山下飞。

　　不知飞了多久，我远远望见前面有一个很大的村庄。我欣喜若狂，用力挥动着翅膀向那村庄飞去。我要看看空星上的人是什么样子，他们吃什么，穿什么，玩什么。我飞到那个村庄，不敢靠近，害怕被村庄的人发现，用什么武器把我打下去。我就在村庄的上空高高地盘旋，俯瞰很久，却看不到人影。我很奇怪——村庄里怎么没人呢？我决心看个究竟，就降落在村庄的西面，悄悄潜入村庄。村庄里大街小巷空荡荡的，一个人都没有。家家户户锁着门，门上的锁锈迹斑斑。我想莫非都去种田啦？

　　我穿过村庄，来到村外的一片田野，田野里见不到一个人，只有一群一群的鸟此起彼落，只有一丛一丛的杂草树木疯狂地葳蕤，连一株庄稼也看不到。

　　我怀着失望的心情继续往前飞，飞了很久，又看见一个村庄。我飞到村庄的上空盘旋几圈，没看见人，就俯冲到村边落下，大摇大摆地走进村庄。偌大个村庄静悄悄的，好多人家屋顶上长着很高的茅草。别说人了,连猪狗鸡羊牛都见不到。

我只好再往前飞,远远看见一座山峰直插云霄。飞近,原来是一座城池。城市里高楼林立,人山人海,车水马龙。还有不少人从四面八方朝这个城市奔来。

一个富丽堂皇的大厅里坐着一大片人,我以为人们是在看宽银幕电影,走近才发现,他们都目不转睛地盯着一条蚯蚓似的红红绿绿弯弯曲曲的 k 线炒股。一个门口排着一条长长的队伍,我以为人们抢购什么东西,原来是排队买基金。一个很大的广场上聚集着好多人,我以为在开会,便钻进去想听听,原来是一个劳务市场,只要有车开过来,人们就像疯了似的,"哗——"拥过去说:"要人吗? 要人吗?"一处工地上好多人在拆楼,另一处工地上好多人在建楼;一条马路上好多人拆路,另一条马路上好多人修路……

我回到人星上,把我的所见所闻讲给人们听,人们都感到不可思议。还有的人甚至怀疑我撒谎。

不知从什么时候开始,人星上经常发生丢猪的事。开始是一头一头地丢,后来几头几头地丢,再后来一群一群地丢。警察无论如何也抓不到罪犯。

直到一个不明飞行物被击落,才真相大白。不明飞行物来自于空星。专门偷人星上的猪,最近发展到不仅仅偷猪,连鸡鸭牛羊也开始偷。

"你们偷去人星上的猪干什么?"审讯人问道。

"偷回去高价卖啊。"空星上的人回答。

"噢——难道你们空星上还缺猪?"

"我们那里最缺猪啦!"审讯现场设在一个露天广场,围观的人水泄不通,并且还有电视台对审讯进行现场直播,现场的人、电视机前的人都"哈哈哈"大笑起来。

"你们那里村庄的人不养猪?"

"我们那里的村庄没人了。"

"人呢?"

"有钱的人搬到城市去住,没钱的人跑到城市打工。"

这次,现场围观的人和电视机前面的人,都陷入沉思。

高考状元

任富十年寒窗过五关斩六将,终于踏上高考的战场。任富的父母站在考场外,押着细长的脖子,比考场上的任富还紧张。分数公布后,任富竟然是几百万考生的第一名——高考状元。任富的照片、事迹立刻登上各大网站和报纸的头版头条。其中最引人注目的一条新闻是《捡垃圾的家庭走出高考状元》。

从成为高考状元的那天起,任富和父母忙碌起来,各大媒体纷纷来采访报道,各个学校纷纷邀请他们去做报告,各级领导亲自接见,好多公司纷纷赞助,很多机关进行重奖,各大名校不惜重金上门录取。

最高兴的还是任富的父母,不但不必再为任富上大学高昂的费用着急,也不必为任富毕业后找不到工作发愁,而且还不必再穿梭于鳞次栉比的高楼大厦捡垃圾谋生。

任富在父母"好好读书"的嘱咐声中,走出家门,走向校门。任富的身影消失很久很久,父母还把手罩在额头,凝望着任富远去的方向,站在村口久久不肯回家。

不料,半年后,有关任富的新闻又占据了各大网站和报纸的头版头条。据报道,任富因为染上网瘾不能自拔被学校开除。

任富的父母开始不相信,当任富背着行李走进家门,父母还盯着任富的脸半信半疑地问:"难道是真的?"

任富疲惫不堪地点点头。

"我的天啊——"

"明年我再考!"任富一边冲放声大哭的父亲大吼,一边去抱昏倒在地的母亲。

"再考你能考上? 你以为高考状元那么好考? 为供你上学,这么多年我和你娘恨不得不吃不喝啊孩子——"父亲的怒吼在空荡荡的屋里久久回响,父亲的老泪纵横交错。

第二年,任富又去参加高考,令人难以置信的是,任富又是高考状元。任富顶着高考状元的桂冠,第二次走进大学校门。

不料,半年后,任富又回来了。

父亲问:"不会是又被开除了吧?"

任富说:"这次是我主动退学的。"

母亲问:"为啥退学?"

任富说:"因为我想明年再考上个高考状元。"

父亲不解地问:"你为啥不好好在大学念书,总想当高考状元呢?"

任富说:"你们想想,当一回高考状元就财源滚滚,名利双收,还有比这更好的工作吗?"

母亲问:"你就那么有把握再能考个高考状元?"

任富说:"能,一定能。课本上的知识我已经烂熟于胸,一年一年的高考题目万变不离其宗。再说随着高科技的发展,已经能在人脑中安装程序和软件。我就花高价在大脑中下载一款高考监视器，不但能准确获取出题人泄漏给他们的孩子、上司、好友、枪手、情人的试题，还能在考场上准确截获诸如送纸条、发短信、微型耳机、带小抄等五花八门作弊的准确答案。你们说，我还能考不上高考状元？"

父母又顾虑重重地说："还有学校再让你复读吗？"

话音刚落，冲进来几个校长，有拉着任富左手的，有拖着任富右手的，有拽着任富衣服的，一个比一个声音大："到我们学校上学吧！""到我们那里去吧！""我们学校好！"

任富大声说："谁给钱多我到谁的学校去！"

"我给 10 万！"

"我出 20 万！"

"50 万！"

……

绝　望

口原来有好多好多朋友，没事时便凑到一块，吹吹牛聊聊天，把一份快乐分成若干，与朋友分享；把一份痛苦分成若干，与朋友分担。

后来，口的朋友越来越少，电视机夺走几个，游戏厅夺走几个，卡拉 OK 夺走几个，夜总会夺走几个……最后只剩下一个叫虫的朋友，口和虫发誓永远在一起，风雨同舟。

可是没料到，上网成风，聊天成瘾，这位叫虫的朋友也离开他，虫变成一个网虫，整天就知道贴在电脑屏幕上。

口感觉自己是最孤独的人，天马行空，独来独往，形只影单，孑然一身。口不再好意思打扰别人，别人似乎也不好意思来打扰口，口感觉好像没有朋友似的，有时不得不自言自语，别人还以为口有神经病，口简直有点绝望。

万般无奈，口也抱台电脑回家。

真是不看不知道，一看吓一跳，原来网上竟有这么热闹，想找谁聊找谁聊，想说什么说什么，不用担心，不用害怕，不用不好意思，反正谁也不认识谁。

口就又有好多好多的朋友，但是不知道近在咫尺，还是远在天涯海角。只是与身边的人却越来越形同陌路。

这夜，口与一个叫"绝望美眉"的网友相遇。

口说：你很美是吗？

眉说：是，很美。

口说：那你为什么还绝望？

眉说：美丽使我如此绝望。

口说：你是不是很穷？

眉说：不，我有香车宝马、金银财宝，应有尽有。

口说：那你更不应该绝望，这可是个美女金钱时代。

眉说：我讨厌这个时代。

口说：为什么？

眉说：你想听吗？

口说：你说吧。

眉说：那好吧，反正我们谁也不认识谁。我从小就是一个人见人夸的美人坯子，我一直向往着过高人一等的生活。可命运却偏偏把我抛弃到一个穷山恶水的地方,并出生在一个穷苦人家的家庭,穿着脏旧的衣裳在田野里劳作。我从电视里看到都市女孩,身着时髦华丽的时装,打扮得无比漂亮,游弋在男人的目光中,真是又羡慕又嫉妒又痛苦,便偷偷跑出来。到都市后,挣钱少的工作我不愿干,挣钱多还不累的工作又找不到,便隐姓埋名当起小姐。一位经常光顾夜总会的大老板相中我,要金屋藏娇,我当然乐意,但条件必须在海滨给我买一幢别墅,买一辆小车。这些东西对他来说是九牛一毛。从此,我过上荣华富贵的生活。可是,过一段时间,花鸟草虫玩够,小狗小猫玩够,整天无所事事,吃喝玩乐。原来向往的生活实现后,竟是这般无聊、空虚和孤独……

口说:所以,你就越来越绝望吗?

眉说:是的。

口说:其实绝大多数人都绝望。

眉说:为什么?

口说:考不上大学的绝望一批,毕业后找不到好工作的绝望一批,失恋的绝望一批,做生意赔本的绝望一批,想当官当不上的绝望一批,离婚的绝望一批,得重病的绝望一批,失业的绝望一批……你说还有几人不绝望?

眉说:你绝望吗?

口说:不绝望。

眉说:你为什么不绝望?

口说:也许我太聪明,也许我太愚蠢,也许我还太小。

眉说:你这人真有意思。

口说:我们见见面好吗?

眉说:为什么要见面,保持一份神秘就多一份想象,多刺激?

口说：告诉我你的手机或者电话行吗？

眉说：不行。

口说：你住在什么地方？

眉说：你呢？

口说：天地市。

眉说：巧了，我也是。

口说：我们住在同一个城市，不远，见见吧。

眉说：为什么非要见面？

口说：不瞒你说，我也是被一位贵夫人包"二爷"的人。

眉说：那好吧。

口说：在哪里呢？

眉说：明天下午6点在公园假山的断桥边，一人手里持一份早报做标记，不见不散。

口说：行。

翌日，口开着豪华轿车来到公园，把车停在门口，手拿早报走进公园，一边走一边思忖，眉是个什么人物呢？是位青春玉女，还是位沧桑老人？口决定先躲在暗处看清楚再说。

晚秋季节，天地间到处是残枝败叶，淡淡的雾、淡淡的夜正从树根、墙角咕嘟咕嘟往外流淌，公园里开始朦胧起来。

快到假山断桥旁时，口藏在一棵树后，往那里张望，没有人影，看看表差几分钟6点，过一会儿，断桥上出现一个人，手里拿着一份早报。

口不看不要紧，一看感到天旋地转，差点晕倒，彻底绝望。

那人到底是谁？唉，不说也罢。

雨　夜

流淌着袅袅炊烟的黄昏。

清晰明亮的世界突然模糊起来。

男人的身影孤独地徜徉飘荡在田野的小路上，他的右边矗立着群山一样的城市，左边散布着几处小村庄，前方连绵起伏的丘陵像筑在天地之间的大堤，后面远远地躺着一条静静的大河。男人被包围在枯枝败叶衰草谢花丛中。

红红的烟头像萤火虫，在男人手掌上飞舞；男人要走一夜，想一夜。

男人感觉背上像驮着几座大山，腰身驼得如一张弓，男人的脸上刻着几道深深的皱纹，像大地上的沟沟壑壑。男人的脸色如夜色般凝重神秘，男人的眸子像两束火苗熊熊燃烧，激烈地跳跃。

男人的思绪已如夜色漫无边际地弥漫氤氲。

爷爷曾经是管辖几千号人的头，几千号人的命运掌握在他手上，他俨如一国之君，处处显贵，人人敬仰，何等辉煌，何等风光。曾几何时，人去楼空，灰飞烟灭，没留下一点踪迹，好像什么都没发生过似的。男人仰天长叹，正好有一颗流星划过夜空，倏地消失。

爸爸的人生轨迹，似乎也是那么不平凡，甚至在历史的舞台上演绎得轰轰烈烈，摘取过各种桂冠，获得过很多荣誉，巡回演讲、做报告、树典型、做榜样……时间是无情的，时过境迁，物是人非,犹如一把大火,把一座辉煌的宫殿烧得干干净净。烟头灼疼男人的手指,掉在地上,很快便化为夜色。

也许他的父辈都曾有过今夜,咀嚼过他们的父辈,也曾思索过生命的数量和质量。他们为什么没成为孔子、秦始皇、曹雪芹、王羲之、爱迪生、伽利略……是历史没有造就成全他们,还是他们连想都不敢想?还是他们缺乏战胜自我和环境的勇气与意志?

男人又一次回忆自己的祖辈、父辈,可是无论怎么回忆,都是虚无缥缈,朦朦胧胧。

男人向前看,是夜;向后看,是夜;向右看,是夜;向左看,是夜。男人觉得,好像世界上只有他自己,不由地喟叹,谁知我心?

男人崇拜爷爷,羡慕爸爸,男人又不希望重复爷爷,也不希望重复爸爸,而要走一条自己的路。男人抬头望天,感觉爷爷、爸爸都成为夜色,而没成为闪烁的璀璨的耀眼的星座。

男人泪流满面……

哪里是北?哪里是南?哪里是东?哪里是西?男人好像迷路的孩子,男人不由地深一脚浅一脚地东突西冲,往这里走,还是往那儿走,什么东西都看不见。男人感觉眼睛像被蒙上一块厚厚的黑布,全凭感觉。头顶着天,脚踏着地,就是不知道脚往哪里迈。

往哪里走?往何处去?星星不说,草木不说,一脚出去是万丈深渊还是高山峻岭?无人知道。

无垠的漆黑的旷野中,男人艰难地跋涉,后面有无数只手拽,前面有无数只手推,左面有无数只手拉,右面有无数只手撕。脚下高低不平坎坷曲折,脸上围着好多蚊子,还有好几只野兽在虎视眈眈……

现在几点?离曙光还有多久?不知道。还能不能走出黑暗?

只有天知道。也许等不到天明你就倒下去，但是，现在停下来，就再也没有希望。

别指望有人来救你，这么黑的夜，谁会来，没有，绝对不会有！

只能自己救自己。

男人只有一个信念，勇敢往前走，即使走不到黎明，也要走，毕竟走过！

突然，天上的星星全部消失，男人心惊胆战，毛骨悚然。

不一会儿，电闪雷鸣，狂风大作，大雨倾盆。

闪电似乎要把天空炸碎，狂风似乎要把地上的一切卷走，暴雨似乎要把世界吞噬。

突然，那个高大的男人倒下去，倒在水流成河的荒野里，一只尾随着的狼，趁机扑过去，但是男人又顽强地站起来……

男人在泥泞的路上，淌着水，冒着暴风骤雨，跌倒爬起来，再跌倒再爬起来……

谁的手

偌大个办公室静悄悄的，房门留着一条窄窄的细缝，虚掩着。其他人已陆续下班，只有女秘书美美一个人背对着门口加班。

她一会儿用灵巧修长圆润的小手嗒嗒地敲击着键盘打印文件，一会儿抬头若有所思地凝望着窗外。窗外原来明亮的天空渐渐开始变黑，就像一盆清水不小心滴进一滴墨水，墨水不慌不忙*丝丝*缕缕地弥漫扩散，直至把整盆水全部染黑。

就在她全神贯注地沉思时，一双手不声不响无声无息，紧紧捂住她的眼睛，她用力往下拉，那双手纹丝不动，把她的头牢牢地固定在椅子的靠背上，像是用一条绳子捆在那里。

这是谁的手呢？她琢磨。

"快松开！"她说。

那双手一动不动。

"把我弄疼了。"

那双手一动不动。

"再不松开，我掐你。"她喘着粗气，胸脯一起一伏。

那双手像没听见一般，一动不动。

"我喊人啦？"

那双手还是一动不动，看样子非要她猜出他是谁才松开。

会是谁呢？反正不是女人的手，凭直觉。

"你是王国？"

看来不是，那双手没动。

"你是李星？"

不是，那双手没拿下来。

"张总吧？"话一出口，她又觉得不是，因为张总的手软若无骨像一双女人的手。

"冯总吗？"还不是，冯总的手很硬，好像全是骨头没有肉。

"高总！"她很坚定地说，也不是，高总的手特别大。

……

她一口气又猜好几个，结果都不是。

这时，捂着她眼睛的那个人，轻轻地吻她一下。

"这回我猜到你是谁。"她说。

那双捂她眼睛的手，忽然松开。

雪亮的灯光刺得她一时睁不开眼睛,她一边揉着眼一边说:"把我的眼都弄疼了。"

没听见有人说话,她挤两下眼睛适应适应强烈的光线,看看到底是谁。

可是,眼前,空荡荡的,她又扭头望望身后,空荡荡的,她惊讶地扫一遍室内,空荡荡的。

她赶紧追出门去,长长的走廊,空荡荡的;她又马上追下楼梯去,跑了十几级台阶,迂回盘旋的楼梯仍然空荡荡的……

卑 鄙

枫叶是家里的独生女,父母双亲已去世,枫叶感觉自己像一叶浮萍,孤孤单单,无依无靠。

单位的效益不好,其实再好也经不住蛀虫们无法无天地折腾,所以每年都要搞改革,改革就要下岗分流。枫叶很害怕自己有一天被列入下岗分流的名单,所以加倍努力地工作,拼命地干活。

尽管如此,枫叶担心的事还是不可避免地发生。一天,枫叶被老大请去,枫叶走进老大富丽堂皇的办公室,有种头晕目眩的感觉。老大笑眯眯地说:"经研究,决定叫你下岗。"

枫叶一听,吓得脸煞白,惊慌失措地问:"我、我干得不好吗?"

老大呷一口水说:"干得挺好。"

枫叶问："那怎么还叫我下岗？"

老大叹息一声说："干得不好的都走光了，就得从干得好却又没关系的人里挑。也是没法子的事，企业养活不了这么多人。"

枫叶一边不断地用手背抹眼泪，一边说："可怜可怜我吧，别让我回去，我什么人都没有，是个苦孩子，咱这么大公司，不多一个两个人。"不知什么时候，老大站到枫叶的左边，一只手按住枫叶滚圆的肩头。枫叶往右边挪挪，老大的手掉下去。

老大说："怎么，你还不明白我什么意思？你不是让我可怜可怜你吗？这年头，女人不靠献身，男人不靠送礼，想在社会上混，哼——"

枫叶什么也没有，就是有杀伤力很强的美丽，枫叶很清楚这点，可是枫叶从来没打算靠那个去打天下，枫叶认为那样太卑鄙。

枫叶就想着靠自己的勤劳吃饭。这时，老大的手又伸过来，枫叶站着没动，大脑里一片空白。老大得寸进尺，把枫叶紧紧搂在怀里，语无伦次地说："有了我这棵大树，你就好好乘凉吧。"

枫叶感觉自己真卑鄙，为一口饭丧失人格。但是枫叶却坚守着自己的最后一道防线。

当又一次秘密约会时，老大说："难道你安心当一辈子小职员，没想过当官？"枫叶说："想有什么用？"老大说："只要你把一切献给我，我就提拔你当副总。"枫叶感觉老大开出的价码太诱人，只要有了地位，从此可以荣华富贵一辈子，还愁什么呢？即使再清白又有什么用呢？长发为谁留？不在乎天长地久，只在乎曾经拥有，这句话不是经常挂在人们的口头吗？

枫叶身不由己地答应了老大。

从此，老大经常与枫叶寻欢作乐，有时老大找枫叶，有时枫叶主动找老大。

老大一次次许诺马上就提拔枫叶,可"马上"了快两年,也只是空头支票而已。枫叶还不能不去迎合老大,而且要加倍地温柔,因为这时候主动权掌握在老大手里。

这时候,公司进来几个高学历的新职员,其中有一个比枫叶还漂亮的女孩子。不久,老大找枫叶的次数明显减少,枫叶有时看见老大和那个女孩在一起。枫叶隐隐约约有一种上当受骗的感觉。

终于,枫叶被老大抛弃。

枫叶实在吞不下这口气,逢人就骂老大卑鄙。当着枫叶的面,听的人便附和"是啊、是啊"。

可是一旦有机会接触到老大,那些人就出卖枫叶,讨好老大:"局长,枫叶骂你卑鄙。"

老大咬牙切齿地说:"让她骂吧,我找机会非炒她的鱿鱼不可!"告状的人便露出幸灾乐祸的神色。然后,又往枫叶面前蹭,听听枫叶还骂老大什么,好再去"领赏"。

渐渐地,人们不骂老大卑鄙,而是骂枫叶卑鄙。原来外面疯传枫叶勾引老大,老大不上当,枫叶为诬赖老大,枫叶才骂老大卑鄙。

最后的结果可想而知,枫叶被开除,理由是工作不努力。

接下来枫叶只好努力找工作,找来找去也找不到。

失业后的枫叶无所事事,一天在街上碰到一位老同学,同学了解到枫叶的情况后,劝枫叶跟她去歌厅当小姐,还说没有别的,只是陪客人唱唱歌跳跳舞。枫叶走投无路,抱着试试的心理去了。不知是枫叶长得太漂亮的缘故,还是现在的男人太寂寞的缘故,枫叶一来就成为最受客人们喜欢的人。枫叶发现这里来钱真快真容易。有时,一晚上能赶上原来一月的工资。

枫叶在歌厅当小姐的事，不久传遍公司，几乎所有的人都骂枫叶卑鄙。

这时，枫叶自己也觉得自己很卑鄙。枫叶不敢上街怕碰到熟人，枫叶不敢回家怕见到亲人，枫叶成了一个无家可归有家难回的人。

一个没有客人来的夜晚，枫叶兀自一个人呆呆坐在沙发上，往事一幕一幕地在脑海掠过，眼泪像窗外的狂风暴雨一阵比一阵猛烈。一个小姐过来问："你怎么哭了？"

枫叶擦擦眼泪哽咽着说："我是不是很卑鄙。"

那个小姐问："你怎么会有这个想法？"

枫叶说："我原来以为做小姐卑鄙，现在我也做小姐。"

那小姐说："我不觉得卑鄙，假如我们出生在富人或者高干家庭，我们还会做小姐吗？"

枫叶想着自己的遭遇，发自肺腑地说："好多事都是钱惹的祸。钱使人卑鄙，钱使人堕落，钱使人犯罪。"

那个小姐点点头："谁说不是，可没有钱又怎么活呢？"

你到底安的什么心

雅座是用三合板隔开的，未封到房顶，这边说话，那边能听见。

你和几个朋友来得比较晚，刚坐下，在嘈嘈杂杂的环境中，从头顶飘过来一个姑娘气愤的声音："俺那个老板才不是个东西。"

听见有人问："怎么回事？"

"一个十足的坏蛋。"

又听见有人问："你咋知道？"

"我与他一不沾亲二不带故，他为啥对我特别好？分明是黄鼠狼给鸡拜年没安好心。"

那边大概已吃完，噼里啪啦起身离去。

几个朋友盯着你偷笑，其中一个说："我怎么听着是你手下人说你啊？"

你的胸脯一起一伏，脸颊红红的，说："确实说的我。"

"不可能吧？"

"你怎么干那傻事？"

"到手没有？"

这时，已上来几个菜，啤酒倒得满满的，你端起酒杯一扬脖子倒进肚子里，说："想听吗？"

"想听。"朋友们异口同声地说。

你点上一支烟，慢慢吸一口，说："她叫古莲，你们都认识，说话声音很粗，像个男孩子。很可怜，从小没父没母，跟一个瞎眼奶奶相依为命。没人看得起她，谁都嘲笑她，别人像躲瘟疫似的躲着她。我很同情很怜悯她，因为我小时候和她的情况差不多。所以，尽管我手下的女孩不少，有比她漂亮的，也有有利用价值的，但我却唯独对她最好。让她干轻松的活，想方设法多给她发点奖金。别人和我说话，我都是板着面孔，心不在焉。她和我说话，我都是和颜悦色。别人找我办事，我总是说研究研究，她有事找我，有求必应。虽然她从来没对我说一句客气话，但我猜测她内心还不知道怎么感恩戴德呢。可是，我万万没想到，好心有时候恰恰被人误解成别有用心。刚才她怎么骂我你们都听见了，你们说气人不气人?"

你一口气说完,又把一杯啤酒灌进肚子,感到心里稍微好受点儿。

"完啦?"朋友们那不死心的样子,又滑稽又可笑。

"可不完啦。"你认真地说。

"你哄小孩呢? 这是。"一个朋友失望地说。

"你还挺能编故事。"一个朋友撇撇嘴。

"你该讲讲你和她风花雪月的浪漫故事。"

你万万没想到,不但古莲不相信你的善意,别人也都不相信。你感到哭笑不得。

"你到底安的什么心?"一个老谋深算的朋友,用一种复杂的目光审视着你,慢条斯理地问。

你无可奈何地笑笑,说:"我应该问问你们才对。"

我想听听你的声音

4生活的那个地方人山人海摩肩接踵,却听不到一点真实的声音,都是些假话、空话、虚话和套话,4颇感孤独和寂寞。4也从来不发出自己真实的声音,因为那样的话,只能是遍体鳞伤,伤痕累累。只有把自己隐藏起来,让别人看不见,摸不着,并且越隐蔽越好,这样,别人就会打不到4,4也就安然无恙,平安无事。

当因特网走入平常百姓家的时候,4兴奋不已。因为网上的朋友,看不见,摸不着,远在天涯也好,近在咫尺也罢,无影无踪,完全可以发出自己最真实的声音。

4 有一个网友,已经很长时间。这天,4 大脑里忽然冒出一个想法,于是飞快地打在屏幕上,给她发送过去。

4:你有手机吗?

她:有。

4:告诉我号码好吗?

她:你问号码干什么?

4:我想听听你的声音。

她:有必要吗?

4:我想我要求见面你肯定不答应,这也是我们成为网友的"约法三章"中的一条。为的是互不干扰对方的工作、家庭和生活。可我越来越爱你,太想看看你的模样,但这又是绝对不可能的,所以我只想听听你的声音。

她:你为什么非要听听我的声音呢?

4:我要听听你到底是男人,还是女人,再说我从声音中也能听得出,你是老年人,还是中年人,抑或是青年人。我要验证一下我和你的情,是真的,还是假的。

她:你怀疑我不真诚吗? 我们一开始就说好的一定要真诚。难道你忘了? 难道你从一开始就不真诚,就是骗子,说的话全是编造的,没有一句是真话,难道你也本着"说了实话误了自己"这一原则处事? 你网上是这样吗? 生活中是这样吗? 你不感觉这样活得太累太累吗? 就算我告诉你号码,你打过来,我让你听听我的声音,你高兴一会儿后,是不是还会怀疑我找一个小姑娘或雇个小姑娘接的电话呢?

4:不,我没有说一句假话,我说过的每一句话,全都是真的。我没有骗你,我现在只想听听你的声音。

她:那好吧,不过要等到明晚,现在我的手机没电了。

4:行,那就明晚吧,明晚我听听你的声音。

她:你的手机有电吗?

4:有哇。

她:那你说说你的号码吧。

4:干什么?

她:我也想听听你的声音,你告诉我号码,我找机会给你打过去,不就都听到对方的声音啦?

4:这样吧,我先问的,你先说你的号码,我再告诉你我的号码。

她:行,不过,你不能打给我,只能我打给你。你答应吗?

4:答应。

她:你要不遵守诺言,我们的关系就一刀两断。我的手机是,139×××××××。说你的号码吧。

4:我的号码是,130×××××××。

她:拜拜。

4:拜拜。

第二天,4 盼望她给他打手机,却没有接到她打来的电话。晚上,4 早早走进"缘来有你"房间,怀着无比激动的心情等着她。一小时过去了,她没有来,两小时过去了,她没有来,三小时过去了,她没有来。

急得 4 一遍遍在网上呼喊:花叶儿,你怎么还不来! 花叶儿,你在哪里? 花叶儿,你今晚怎么啦?

第三天,4 也没有接到她的电话。晚上,4 特意打扮一番,走进"缘来有你"房间,又是一个半宿过去,没见她的影子……4 想打她留下的手机,又不敢违背诺言。

第四天晚上，4 几乎是哭着说：花叶儿，我没别的要求，我想听听你的声音，我只是想听听你的声音。我们做了一年的网友，连这点要求你都不答应吗？

4 拼命地喊，拼命地叫，整整折腾一晚上，也没有回音。

第五天，4 实在忍无可忍，用手机拨通她的手机号，不料，手机响一声说：对不起，您拨打的号码是空号。

4 的心倏地一下紧缩起来，因为 4 留的手机号是真实的。

以后几乎每一天，4 都有点惶惶不可终日，虽然，他已把自己的手机销号。

1948 年的表

熄灯号吹响，正在埋头翻找东西的吴发，突然大声嚷嚷："先别关灯，咱班里有小偷！"

这句话不亚于一声霹雳，震得一屋人瞠目结舌，都拧着脖子问："你怎么知道的？"

吴发气呼呼地说："看电影前我搁在桌子上的手表不见了。"

屋里霎时陷入一片沉默之中。

不久，士兵们七嘴八舌地表白："我没见。""我可没拿。""我也没见。""我更没见。"……

吴发说："都没见，难道它插翅膀飞啦？"

有人提议："搜身检查！"

"对，搜身！"

一呼百应,一声高过一声。

宿舍内霎时群情激愤,剑拔弩张。

正在这时,老班长站起身说:"先不忙搜身,我讲一个故事给大家听。"

老班长在床边坐下,示意大家都坐,扫视一遍那一张张略带稚气的脸庞,用他那特有的口吻说道:

1948 年,我们的部队攻克一座城市,战士们开始挨家挨户地搜查,看看有没有残余的敌人和武器弹药之类的东西。但是都没有,只是有的房内摆着漂亮的花被,有的房内放着崭新的皮包,有的房内挂着昂贵的衣服,有的房内放着好看的皮鞋……穿着草鞋的战士们,在数九寒天,虽然身着单薄却连碰都没有去碰一下,那些东西对钢铁般的战士没有任何吸引力。当搜查到又一户人家时,桌子上的一块手表,把战士们吸引住。战士们围着它兴致勃勃地欣赏起来。

一个战士说:"打仗最需要表,我看就把它交到连部去吧。"

一个战士说:"纪律是要自觉遵守的,这里的东西少了,咱们要负责。"

又一个战士插话:"从这里过往的部队很多,有咱们,也有别的队伍,谁知道是咱们拿走的?"

另一个战士说:"难道你忘记'三大纪律,八项注意'了吗?"

一个战士说:"关键是战斗的需要啊,再说又不是咱自己装起来!"

这时,我父亲走来。战士们说:"班长,这里有块表!"

我父亲拿起表,用小刀剥开表壳一看,崭新的表芯镶着四颗宝石,的确是一块好的瑞士怀表。

我父亲端详一会儿,把表放回原处,率领队伍出发。

从这里路过的队伍一列又一列，在这里休息的队伍一批又一批。

部队全部过去后，市民们纷纷回到城里，那个房东回到家推开房门一看，简直不相信自己的眼睛，他看见桌子上的那块表丝毫未动，依然躺在那里滴滴答答地走着。

房东感动得热泪盈眶，拿上表就去追赶队伍，他要把表送去做纪念……这块表至今还保存在革命历史纪念馆。

故事讲完，兵们沉默着回到床上睡觉。

几天后，吴发的手表奇迹般出现在桌子上。手表下面压着半张纸，纸上有几行用左手写的字，看不出谁的字迹：

开始我并不想要那块表，只是想与吴发开个小小的玩笑；后来我真想要那块手表，害怕拿出来被当作小偷。一说搜身我害怕到极点，我想我完了，跳到黄河也洗不清。真要搜身说不定彻底断送我的一生。我现在即使不拿出手表，也永远查不到是我拿的，但我还是决定交出来，谢谢老班长，是您救了我！

大　院

当时，临还不是那个大院的人，但经常往那个大院跑，因为临与那个院子有业务往来，其实，有时根本用不着往那里跑，打个电话就能解决。可是，打电话总占线，印象中没打通过几次，只要打，总是占线。当时临颇为费解，这部电话一天到晚怎么这么忙呢？

多年以后,临有幸成为那个大院的人,并且有幸坐在那部电话机旁。

"丁零零……"电话响第一声,没人接。这地方的人就是有修养,一般响第二声才接电话,第一声是给打电话的人一点心理准备的时间,临想。

"丁零零……"电话响第二声,没人接,临看一眼周围的人,没有一人想接电话的样子。

"丁零零……"电话响第三声,没人接,临有点沉不住气,但不知道该接还是不该接,因为临第一天上班,刚坐下还不到一分钟,不敢贸然行事,这也与临谨小慎微的性格有关。

"丁零零……"电话响第四声,没人接,怎么没人接呢? 叫谁谁也感到奇怪。

"丁零零……"电话响第五声,没人接,都无动于衷,就好像电话没响一样。

"丁零零……"电话响第六声。

"丁零零……"电话响第七声。

"丁零零……"电话响第八声。

……

电话终于不响,像一个再也哭不出声的孩子。

"丁零零……"电话又响。

自从电话响的第一声起,临就开始琢磨,人们不接电话,是不是故意留给自己接。因为按照惯例,初来乍到的人就该多干点拖地、倒垃圾、接电话之类的活。看来就是这么回事,人们这是给自己机会,养成一个好习惯,才谁也不肯接电话,说不定人们在心里还骂自己懒。

临这样想着,便站起身,踩着清脆的铃声,拿起话筒,说:

"喂？"

电话里问一项业务怎么办，临刚来不懂，就叫办理这项业务的人："杨老师，你过来接个电话吧？"杨老师放下手中的活，走过来听一会儿电话，有板有眼地介绍起来。介绍完把话筒"咔嚓"一声扔在电话机身上。

"丁零零……"电话又响了。

这次，临毫不犹豫地走过去接电话，看来就是该自己接电话，临想。

电话里问一项业务怎么办，临还是不懂，就叫办理这项业务的人："刘老师，麻烦你接个电话？"刘老师放下手里的书，走过来听电话，看样子挺麻烦，啰唆半天才解释清楚。刘老师一边往回走一边说："真讨厌！"

"丁零零……"电话又响了。

临不假思索地走过去接电话。

电话里问一项业务怎么办，临仍然不懂，就叫办理这项业务的人："冯老师，请你接个电话好吗？"冯老师放下手中的茶杯，走过来接过电话，三言两语就打发了。

"丁零零……"电话又响起。

临想不能让别人说自己懒，刚想三步并做两步去接电话，一个人突然开口说道："小临，你歇歇吧，别管它！"

临呆愣在座位上想了好半天。

电话不响后，赵走过去打电话，谈笑风生；赵打完，钱打，窃窃私语；钱打完，孙打，情意绵绵；孙打完，李打，称兄道弟；李打完，周打，妙语连珠；周打完，吴打，海阔天空；吴打完，郑打……

"丁零零……"第二天早上电话再响时，临也装作没听见一样，开始很不习惯，时间一长，也就置若罔闻充耳不闻起来。

多年以后,临不得不离开那个大院,不但临,还有所有的人。因为那个大院倒塌了。

为什么

谢林入伍三年,学开车,立功,入党,当班长。

在短短的时间内荣获这么多荣誉,这在连队有史以来,他还是第一个。

要退伍了,他踌躇满志,想回到地方大显身手做出一番事业,就问连长,他在今后的工作和生活中哪儿该改改,俗话说人无完人嘛!连长几乎是不假思索,脱口而出:"脾气,你得改改你火爆脾气。你干得没说的,就是脾气不好。你算算你打过多少人?也就是碰上我,要碰到别人,干得再好也白搭。非吃亏不可!"

说得谢林频频点头,心服口服。

谢林参加工作后,决心改改自己的脾气。从街上买回"忍一时风平浪静,退一步海阔天空"的字幅挂在床头,办公桌台板下压上"做老实人,说老实话,办老实事"的纸条,还把"打不还手,骂不还口"作为座右铭。

俗话说江山易改,禀性难移。三年中他硬是没打一次架,没骂一次人。

可是,尽管他比任何人都老实都能干,但是却一无所获。调资、分房、先进、提升……都与他无缘。

谢林一气之下,将床头的字幅、台板下的纸条、座右铭撕个稀巴烂。理个光头，文身，谁他都敢打，谁他都敢骂。

但是有一点，干工作绝不含糊。

不知为什么，同事们对他另眼相待，他去找领导办事有求必应，各种好处都有他的份……

偷　看

"我这次一定要考上。"

你走进考场，坐下后气喘吁吁地想。

你环顾一下这个考场，共有两个监考，都是男的，一胖一瘦。

离考试还有 5 分钟，胖监考高声朗读考场纪律。读完，便发考卷。你坐得比较靠后，刚发到你这里，"丁零零……"考试的铃声便响了。

你拿着试卷从头看到尾，发现不会的比会的多得多。心想多亏做好另一手准备。

为了不打草惊蛇，你装模作样地埋头答题。会的不一会儿就答完。光剩下不会的，你便没法再老实下去。你发现有人已经开始偷看。

夏天热，穿得少，你把小抄夹在丝袜的袜口处，带进来。

你趁两个监考没注意，右手悄悄伸进裙子里，迅速地把小抄拖到桌面上，压在试卷下面。

找个机会，你便低下头偷看。没写上多少字，你瞥一眼监考，看看被发现没有，不看不要紧，一看差点没被吓死，胖监考正透过好几个脑袋的缝隙,目不转睛地盯着你。

你慌忙坐正身子,抬起头,用手梳梳额头的刘海。胖监考移开目光。

过一会儿,你又低下头偷看,没写上多少字,你担心被抓住,拿眼角余光偷偷扫描监考,吓得你差点没昏过去,瘦监考正从另一个方向,透过一本书的上方,严密地监视着你。你想,完了,急忙直起妙不可言的身子,掏出香帕,擦擦额头沁出的汗水。

瘦监考并没管你。

你稍稍松口气,心想看来没发现我。

你再次低下头偷看,这次写上不少字,但毕竟做贼心虚,当你用眼睛的余光观察情况时,吓得你闭上双眼,心跳到嗓子眼。两个监考从不同角度用目光往你身上直射。

你看见胖监考正慢慢向你这里走来,心想:这是来没收我的试卷。你用胳膊死死压着,试图不让他拿走。

可是,胖监考并没有那样做,只是在你身边站一会儿,又走开了。

两个小时就在你和两个监考类似于捉迷藏的游戏中飞速过去。

走出考场,和你在同一个考场的小周眉开眼笑地问:"考得好吗?"

你没好气地说:"不好,考场太严,没太敢抄。"

小周说:"一点都不严,怨你胆量太小。"

你说:"还说不严,我一偷看就被盯上,真倒霉。这种考试用得着那么严吗?"

你在心里恨死那两个监考。

真是冤家路窄。不久,你去参加一个生日宴会,正巧胖监考也在。

胖监考酒量挺大,喝得不少,在他和你喝酒时,你说:"你那次监考怎么光和我作对,别人偷看不要紧,我一偷看就被盯上,为什么?"

胖监考一愣,旋即缓过神来笑笑说:"主要是你太漂亮太吸引人,谁不想趁你不注意时,偷看偷看呢?"

一条狗的征婚启事

一位遗孀想安静地安度晚年,却无论如何都不得安生。好多人不断来骚扰她,老的、小的、不老不小的……都跑来向她求婚,有对天发誓的、有痛哭流涕的、有软磨硬泡的……每一个人都口口声声信誓旦旦地说是来照顾她。她感到好笑至极,可笑至极,自己已是一位人老珠黄的老妪,哪来的那么大魅力和吸引力?

她就是不答应。

后来,她的耳朵完全失去听觉,再后来,眼睛也完全失去视觉。

她有一条朝夕相伴相依为命的狗。这只狗既是她的耳朵又是她的眼睛。因为她耳聋,门铃响或者是电话响,她都听不见,每当这时,狗就会用嘴咬着她的裤腿,往门口或者是往电话机旁拖她。因为她眼瞎,看不见路,所以每当她出门时,狗就是她的向导和拐杖。狗在前,她在后,手里攥着一条细绳,狗领着她走。她要买东西时,在狗的脖子下吊一只篮子,买上东西放进篮子,与狗一块回家。这成为这座城市里一道奇特的景观。

有一件事,让她一直放心不下,越来越成为她的一块心病。万一她有个三长两短,这条狗怎么办,更让她担心的是,她感觉身体一天不如一天。

有一天,她从那些络绎不绝的求婚者身上受到启发,何不给自己心爱的狗找一个伴呢?当然不能给狗再找一条狗,得找一个人。这样,她死之前,狗照料她;她死之后,有人照料狗,她死也瞑目。不过,她要立好遗嘱,她死之后,狗的配偶必须与狗相敬如宾,白头偕老,相依为命,狗死之后,狗的配偶才有继承权,否则,视为自动放弃继承权。

她立好遗嘱,又去公证处做了公证。然后,她把早已拟好的征婚启事,不惜重金寄往全球几家发行量最大的报刊。几乎在同时,全球几家报刊都在最显要的位置登出征婚启事:

征婚启事

某狗,四体不勤,五谷不分,年老体弱,奇丑无比,自理能力差,身患多种疾病。现有豪华别墅、高级轿车、银行存款、寿险财险、有价证券、股票、国债、基金、古董、字画……无计其数。欲觅心地善良、品格高尚、忠诚可靠、作风正派的配偶,年龄在 20～50 岁之间,男女不限,贫富不限,学历不限,地区不限,身材不限,长相不限。地址:太阳国月亮省星星市大海区高山路河流街 0533 号。欢迎面谈,谢绝信访。

也几乎在征婚启事登出的同时,应征者蜂拥而至,浩浩荡荡,蔚为壮观。本地的、外地的,南边的、北边的、东边的、西边的,近在咫尺的、天涯海角的,坐飞机来的、乘火车来的、搭汽车来的、坐轮船来的、打的来的、千里迢迢走着来的。

这座一向冷寂的小城突然间热闹起来,就像一个气球一下子注满气,有一种随时要胀破的样子。大街小巷摩肩接踵,宾馆旅社人满为患,饭店厕所爆满拥挤,还不时发生点扰民事件,如抢劫、强奸、凶杀、敲诈、拐骗……

凡来到这座小城的人,第一件事就是急火火地去寻找地址,找到后,要自觉地排队,一个接一个,一条长龙似的队伍,望不到边,看不到头。排在第一个的人敲几遍不开门,就失望地让开,要么就被下一个推开。下一个人敲门。后面的人还直嚷嚷:"快点,快点,别赖在那里!"

敲门的人,怀揣一颗忐忑不安的心,要么贴在猫眼上往里瞅,要么温柔地说几句话,要么轻轻推几下门。可门始终紧紧关闭着。几乎每一个敲门的人都是满怀希望兴致勃勃而来,满怀失望扫兴绝望而归。

门上那个大大的猫眼,分明像望远镜、放大镜、聚焦镜、哈哈镜、X光线、透视镜……谁都相信在猫眼后面藏着一双明察秋毫的"火眼金睛"。

往往是还没等这一批人走,下一批人又涌来。谁都想自己有可能成为幸运者,前面的落选,不正说明机会在后面吗?

这种现象随着时间的推移,非但没有减弱的迹象,大有越来越猛烈的趋势。开始,整个小城还笑逐颜开,像过大年。因为餐饮、商业、公交、银行、保险、医院、歌厅、发廊……财源滚滚人气兴旺。到后来,就给小城带来沉重的负担和不便。交通堵塞,暴力不断,不得安宁。

就在官方、警方束手无策一筹莫展的时候,还是那几家报刊,刊登一条重要启事:

重要启事

某年某月某日登载的关天一条狗的征婚启事,经调查核实,系一个精神病患者搞的恶作剧。切勿上当受骗。

人们仿佛如梦方醒，哭笑不得，像潮水般退去。

不过，仍有不少人前来征婚，说那是报纸误导、骗人。

新婚之夜

迎亲的队伍快到了，兰花隆起的胸脯一起一伏，像大海的波浪；好看的瓜子脸红红的，像涂上油彩。

当太阳羞答答地跃上天空，开始新的旅途时，兰花也羞答答地一跃，坐在亮闪闪的自行车后座架上。新郎笑哈哈地带着新娘，缓缓掠过全村男女老少不同的眼神，朝村外的大道骑去。

路上，当经过一个小桥洞时，兰花一想到马上告别生养自己的爹娘和熟悉的小村庄，不禁心酸不已浮想联翩。女儿长大要出嫁，嫁到一个完全陌生的地方，到一群陌生的人群中生活，那群人会对自己怎么样呢？那个陌生的地方自己适应吗？兰花真想永远在父母身边，那该是多么幸福啊！可是只要是女儿，大了就要走，女儿生来就是别人家的人，每一个女儿都是一个流浪者。兰花真羡慕那些男儿，只要愿意就可以永远生活在家的怀抱里……兰花悄悄瞥一眼新郎，嘴角又飘起一丝笑意，你看他方方正正的头，山一样的脊梁，粗壮的腰身……并且彩礼也是全村最高的哩。

闹洞房的人潮水般退去，夜已很深很深。新郎送客还没有回来，兰花轻轻掩上门，走到炕边两只脚一蹭，脱掉鞋，便一头扎进被窝。兰花感觉浑身像散了架。躺下后，却没有一点睡意。

兰花盼着新郎快点回来。

突然，"吱——"门开了。

兰花闭上眼装睡，听见门被拴死，灯被吹灭，然后是脚步走到炕边，脱鞋、上炕、脱衣……

兰花一直幸福地闭着眼，羞羞地任其摆布。

可是兰花感觉越来越不对劲，身上的那双手瘦骨嶙峋。兰花睁开眼一看，朦朦胧胧看见上床的不是新郎，而是一个又黑又矮的不认识的男人。兰花不禁"啊！"一声大叫，一下子爬起来，抱着被子缩到墙角厉声问："你是谁？"

男人说："我是你丈夫。"

兰花说："你不是。"

男人说："我不是谁是？"

兰花说："你就不是。"

男人说："实话告诉你吧，从相亲到娶亲都是我弟弟冒名顶替我去的。"

兰花惊呆了，问："真的？"

男人点点头："绝对是真的。"

兰花说："这么说，连我娘也在骗我？"

男人说："你娘也是没办法，你哥都快四十，还没找上媳妇，用你换我的傻妹妹给你哥做媳妇。"

兰花的脸霎时像被水洗过一般，胡乱穿几件衣服，就往外跑。男人一把拽住她，说："你别跑，跑出去就没命。我弟弟当民兵连长，他在每个路口都布置下持枪的民兵，如果你坚决不从非要跑，只有死路一条。"

兰花一下子瘫倒在地上，哭。

男人说："你就跟我过吧，我会好好待你的。"

兰花,哭。

男人又说:"虽然我外表丑陋,可心眼好使,比那些外表好心眼坏的人强。"

兰花,哭。

男人还说:"我知道心眼好不值钱,不然为啥没跟我的?还不是嫌我丑。我要长一个好皮面,不抢才怪!"

兰花,哭。

男人再说:"你也不用感觉上当受骗,天下的女人有几个不是上当受骗的。有的是被钱骗,有的是被貌骗,有的是被花言巧语骗。"

兰花,哭。

男人继续说:"死心塌地跟我吧,俗话说找得好不如过得好,过得好不如命好。说不定以后我们过得比谁都好哩!"

兰花,哭。

男人说:"你莫哭,哭坏身子。"

兰花,哭。

男人说:"你要真想不开,那我就送你回去,我情愿自己打一辈子光棍,我没想到会这样哩!"

兰花一头扑进男人的怀里,哭。

一次性的婚姻

"你现在在哪里？"

"在一个朋友家。"

"在干什么？"

"喝酒。"

"和谁在一块？"

"朋友。"

"都凌晨两点，你咋还不回来？"

"没喝完。"

"几点喝完？"

"不知道。"

"我从10点用咱家的电话给你打手机，你咋不回？"

"手机调到振动上，没听到。"

"为什么调到振动上？"

"下午单位开会，开完会很晚，忘记调回来。"

"不是有振动吗？"

"手机放在上衣口袋里，上衣又挂在衣架上。所以……"

"我用街上的公共电话一打，你咋马上回呢？"

"我正好穿上衣服啊。"

"有这么巧吗？"

"你不信是你的事。"

"你到底在哪里？"

"不是告诉你了吗？"

"在哪一个朋友家？"

"你不认识。"

"你说在哪里，我去找你。"

"你找不到，这地方很难找。"

"我不怕。"

"你快回去睡吧，我喝完就回去。"

"我不，我去看一眼就回来。"

"你找不到，很远很远的。"

"你甭光骗我，我感觉你从来不和我说实话，和你结婚这么多年，我感觉你连一句贴心话都没和我说过，总好像有什么事瞒着我。"

"我感觉你也没跟我说实话，怎么问你也不说，你心里有数。"

"咱俩是不是缺少共同语言？"

"不光咱俩，我觉得世界上绝大多数的夫妻都缺少共同语言。因为所有的婚姻最初都是瞎碰的，开始时注重的是外部条件，而没有也不可能对内心情感了解太多，而婚姻是漫长的，等到彻底了解对方，不知不觉多少年过去，即使没有共同语言又有什么办法？"

"离婚不行吗？"

"到这个时候已人到中年，离婚又有什么意思，生命是一次性的，其实婚姻也是一次性的。再说上有老下有小，离婚已不再是两个人的事，而是一群人或者说是整个社会的事。"

"你的知心爱人在哪里？"

"也许是你,也许不是。也许真的没碰上,也许真的碰上了,身在福中不知福,因为婚姻是一次性的。"

"你的知心爱人在哪里?"

"我不知道!"

"你看你也不知道吧? 好了,快回去睡吧,路上小心点,外面风雨那么大。"

我想看看你的模样

终于爆发了。4 在网上认识一个有共同语言的女人。她的名字叫"花叶儿",听听多浪漫的名字,一看名字是不是就引起无穷无尽的联想? 4 的名字叫"天马行空"。4 爱她,她也爱4。两个人都像初恋的情人,那么缠绵,还像年轻人那样海誓山盟,天荒地老天塌地陷不变心。

吃完晚饭,扔下碗筷,4 就钻进自己的房间,关上门,打开电脑,进入聊天室。有时她早来等着4,有时 4 早来等着她。反正每晚不见不散。两人一见面先来个拥抱,再来个热吻。然后就在花前月下卿卿我我,喃喃私语,互诉衷肠。说说一天的新鲜事,谈谈自己的喜怒哀乐,聊聊别人的绯闻轶事,她安慰4,4 安慰她。累了,她送 4 一首歌听听,她经常送的歌是《万水千山总是情》;4 也送她一首歌听,4 经常送她的歌是《甜蜜蜜》。两人经常沉浸在诗一般的意境中。每晚两人都聊至深夜,才恋恋不舍地分开。4 感觉守着的不是一台冷冰冰的电脑,而是一个活生生的、有血有肉的亲密爱人。

有那么一天,4告诉她,他陷入一帮小人设计的罪恶的圈套,大起大落,大喜大悲,身陷囹圄,想一死了之。她夜晚经常来陪他,说了许多格言警言名句古诗,到现在4还记忆犹新:"不以成败论英雄。人间正道是沧桑。风物常宜放眼量。三军可以夺帅,匹夫不可夺志。生于忧患死于安乐。置之死地而后生。天将降大任于斯人也,必先苦其心志,劳其筋骨,饿其体肤……"正是她的鼓励,他才树立信心,走出逆境。

也是有那么一天,她告诉4,她的男友是一条披着人皮的狼,骗取她的信任,玩弄够后,抛弃了她。她已悲观厌世,看破红尘。4几乎每夜陪伴着她,4成了她的精神支柱。"活着是美好的。经历就是财富。吃亏是福。天涯何处无芳草。留得青山在,不怕没柴烧。一切都是瞬间。一切都会过去,相信吧,快乐的日子很快就会来临。痛苦是因为经历得太少。不要把身外之物看得太重。一切都是徒劳。"她把4字字珠玑的话当作良药,只要往伤口一搽抹,心便不再痛。

4真想和她亲吻亲吻,无奈却看不见摸不着听不到,聊天室无色无味,一切像是在梦中。

白天的大门"咣当"一声关死,夜幕也如厚厚的窗帘徐徐拉严,地球宛如一座圆形的大礼堂陷入昏暗之中。一盏盏路灯如璀璨的壁灯闪亮登场,一圈圈星星似顶灯,在高高的上方,密密麻麻地闪耀起来,从下面往上看,好像天空有无数个小窟窿。

4在夜色的掩护下一个人走出家门。

安排在一天中的这样一个时候见面,不会是随意而为,肯定是经过深思熟虑的。是啊,一些不方便的事情总是在晚上进行。4记得十几年以前,别人给他介绍对象,也是在这样的一个晚上,也是怀着这样的一种心情去的。那时候4很想立刻见到她,看看她长得什么模样。没想到十几年后,4恨不能立刻离开她。

早该见面了,为什么不见呢?想想也好笑,原来交友,必须面对面;后来交友,可以鸿雁传书;再后来交友,可以在电话里窃窃私语;现在又多一条更快捷更安全更隐秘的渠道——上网。

记得开始时,她说她是一个青春少女,非常喜欢跟中年男人交朋友,了解一下中年人的内心世界和生活。4说他就是一个中年男人,想找一个青春少女,了解一下年轻人的心态和观念。真是相见恨晚,从此俩人聊得"水深火热"妙趣横生。

4就提出要她寄张照片,她问:"你想干什么?"4说:"我什么也不想干,我只想看看你的模样。"她说:"现在还不够了解,以后吧。"

之后,4觉得要照片没必要,谁敢保证是她自己的照片呢?4又提出见见面。她问:"为什么见面?"4说:"不为什么,我想看看你的模样。"她说:"我们还了解得不彻底,以后吧。"

前天,4再次提出见见面。她说:"不见面不行吗?"4说:"不行。"她问:"为什么?"4说:"我想看看你的模样。"她说:"你为什么非要看看我的模样。"4说:"我看不清身边人真实的模样,我想看看你的模样。"她犹豫半天,终于答应。

到了。4远远地站住,既没从口袋里拿出标记,也没有靠近约定的那个地点——第十根还没修好的路灯下。

4远远望着那个地方,当然是装作若无其事闲逛的样子。

她怎么还不出现呢?都过了十分钟。她没有来吗?她骗了我?还是在路上出了什么事?我如果先过去,万一上当呢?万一是个圈套呢?4从另一个方向盯着那里想,不敢越雷池一步。

那个地方人来人往影影绰绰,男的女的高的矮的胖的瘦的丑的俊的老的少的穷的富的恶的善的……越阴暗的地方人越多。

哪一个是？哪一个不是？哪一个都像，哪一个又都不像。

　　4迷惑起来。4围着那个地方，远远地转，很晚才回家。

　　第二天晚上，4问："你昨天晚上没去吗？"

　　她说："去了，怎么没去？"

　　4说："我怎么没看见你？"

　　她说："我也没看见你啊。"

　　4说："怎么办？"

　　她说："我们用视频不行吗？"

　　4说："行啊。"

　　她说："咱们不会是家人、同事、同学、熟人吧。"

　　4说："谁知道呢？"

　　她说："看吗？"

　　4说："看！"

　　她说："先看你。"

　　4说："先看你。"

　　她说："不看算啦！"

　　4说："好好，先看我。"

　　她说："你把摄像头对准吧。"

　　4把摄像头对准自己说："看到了吗？"

　　她说："看到了。"

　　4说："让我看看你的模样吧。"

　　一会儿，出现一个人影，很漂亮的一个女孩子。

　　她说："看见没有？"

　　4说："看到了。"

　　她说："漂亮吗？"

4 说:"漂亮。"

她说:"关了吧!"

4 说:"我想看看你真人。"

她说:"有什么好看的。"

4 说:"我很想看。"

她想想说:"那就看吧!"

他们约好时间约好地点,再三发誓不见不散。

第二天晚上,4 急匆匆地奔向那个地方。

4 满头大汗进门后,却没看见她,只有几个凶悍的男人在里面抽烟喝酒,4 急忙往外走说:"走错门了。"

不料,门"砰"一声关死。几个男人团团围住 4,冷笑着说:"没走错,我们看到过你的模样。拿 100 万来赎人,不然嘿嘿……"

相逢的人会再相逢

他喜欢在细雨霏霏中漫步。他喜欢那份湿润,湿润里浸泡着浪漫、朦胧和恬静。他就是在那样的天气里第一次碰到她。自从心里有了她,他更愿意在雨天漫步,他觉得碰见她最多的时候是雨天,要么在淅淅沥沥的细雨中,要么在白茫茫的浓雾中。

他一次次暗下决心,再碰到她,一定鼓足勇气与她搭讪几句。可真要碰到她,他的勇气又像泄气的皮球。

又是一个雨天,他从这条街拐到那条巷,再从那条巷走到这条街。他漫无目的地走来走去,眼睛连一个角落都不肯放过。他渴望她突然出现在前方,他幻想她从后面尖尖地喊他一声。然而,却始终没有。

一连几个雨天,她始终没有出现,只是几次出现在他梦里,醒来后,他眼里充满泪水。有时,他猜测,莫非她离开了这座小城?即使她离开,他也要寻找下去,因为她的倩影已镌刻在他的心上,永远抹不去。

这一天,他又踱到十字路口,寻觅她的踪影。他相信一定会再碰见她,她的笑她的影,时时浮现在他的眼前……

当他拐进一条小街时,前方突然出现她的身影,打着一把淡蓝色的小雨伞,一袭白色的连衣裙,被风吹得斜斜地贴在纤细的腰肢上。

"你好!"他鼓足勇气走上前深情地说。

她莞尔一笑点点头。

"你真美。"他由衷地赞叹。他从没近距离见过如此美丽的姑娘:眼睛像潋滟澄澈的湖水,湖水上徜徉着两片悠悠白云,中央浸泡着两块晶莹剔透的雨花石,两弯柳叶眉,高高挂在眸的上方;洁白的面颊红晕初泛;两边嘴角微微上翘,挑着迷人的笑……

她又笑笑,脸上飘起一片红晕,不好意思地低下头。

"我们交个朋友好吗?"他不知从哪里来的勇气。

她看看他,轻轻点点头。其实她也早就注意到他。他是这座小城中的帅哥,她已把他深深镌刻在心中,爱他爱得坐卧不宁,夜不能眠。

"我有时在你身后远远地跟着你,你发觉过吗?"

她佯装不知,摇摇头。

"请问你的芳名……"

她刚要说出自己的名字,突然一个离奇的念头冒出来,她要考验他的话是真是假,她要看看他的心是真诚还是虚伪。因此,她的脸上故意流露出苦涩的神色。

他又轻轻地说:"告诉我你的芳名好吧。"

她窘红脸,看看他,用手比画着,打着哑语手势。

他几乎惊呆了,无法相信眼前这位美丽善良的姑娘是一个哑女!他热泪盈眶地在心中呼喊着:一个多么令人可敬的姑娘,又是一个多么不幸的姑娘啊!一缕凉风把雨滴甩进他的脖领里,他猛然清醒,发现那把蓝色小雨伞已向小巷深处飘去,并且很快就要消失……

是追去?还是离去?他无论如何拿不定主意,最终眼睁睁望着蓝色的小雨伞消失。

几天中,他一直试图把她从脑海里挥去,努力的结果不但没有挥去,反而成为他脑海里的一块礁石。他知道她已经在他心里安家,住到永远。他知道父母亲会坚决反对,这也是他那天没有去追她的原因,他还是忐忑不安战战兢兢地向母亲道出他的秘密,他的心声,他的初恋。

跟随父母搬来这里十几年,过滤完所有的日子,印象中再没有与父母比这次更持久更激烈的冲突。

不知是巧合,还是有意,父亲调动工作,他要跟随父母离开烟雨蒙蒙的江南小城。他是多么留恋这里啊!他已经喜欢上这里,喜欢这里的一草一木。这里一年之中没雨没雾的天气很少,大部分时间都下着雨飘着雾。他甚至给小城悄悄起一个名字——雨国。

迁到新地方后,笼罩在父母脸上多年的乌云散尽,取而代之的是雨过天晴般的喜悦,并把喜悦化作托人给他提亲的动力。不厌其烦,不辞辛苦。每次相亲见面他都去,是给父母一个面子还是给媒人一个面子他也说不清楚。去后他总是一言不发,因为越与别的女孩子见面越勾起他对她的思念,他还有什么话说呢? 以至于过后有人悄悄打听他是不是哑巴。在他看来,这样的见面,就是一百次也毫无意义。

尽管,外界传说他是一个独身主义者,其实他心里比针扎还难受。不知是与父母赌气,还是期待奇迹发生,反正,不知不觉十几年过去,他从一个二十几岁的毛头小伙,变成一个年届四十的、有点痴呆的中年男人,一直独身。几乎全世界的人都认为,他为那样一个姑娘不娶,太不值得。甚至更有人说他有病。他感觉仍然生活在雨国里,只是那密密的雨滴,是闲言碎语冷嘲热讽。

每年他都乘火车去一次那个雨国。到那个雨国里走走,看看,嗅嗅,听听,想想。期望能与她邂逅,却从来没有与她邂逅,当然他也害怕与她邂逅。

这年,他选在梅雨季节又来到雨国,打着一把伞,踯躅在光滑的青石板铺砌的林荫小路上。公园里游人很少。突然,从对面慢慢踱过来一个熟悉的身影,正是他日思夜想魂牵梦绕的那个人。只是她也像他一样人到中年,但他能从她身上找回当年那个清纯矜持的少女形象。她身后跟着一个差不多跟她一般高的孩子,那孩子简直是她年轻时的翻版。

他停在她面前,痴痴地盯着她问:"还认识我吗?"

他想她要么点点头,要么摇摇头。

她愣在那里,端详着他,半天说不出话来……

"你不认得我了? 你不是……"他提醒道。

她蠕动几下嘴唇,想把真相告诉他,但转念又想,都过去这么多年了,过去的就让它过去吧:"啊……你认错人。"

"你会说话? 啊,认错人……"他一个人呆呆伫立在那里,痴痴凝望着她渐渐模糊的背影,泪水模糊他的双眼……

会写字的蛇

找个没人的地方

周末下午,单位没说提前下班,可同事们找上各种各样的借口,早就都溜号了。领导也睁一只眼闭一只眼地顺其自然。不一会儿,领导也悄悄地一走了之。这样偌大个办公楼就只剩下4和他的情人。

但是他们却不敢轻举妄动,一是有监控器,二是怕万一有人再回来被人撞上呢?

4说:"我们出去吧,找个没人的地方。"

情人说:"上哪里呢?"

4说:"出去再说。"

4就和情人出来,这时候天空像拉上窗帘,光线模糊不清。4在前面走,情人在后面远远尾随,距离大约有几百米,情人还装作若无其事的样子。那情景又滑稽又可笑,颇像一部侦探喜剧片。

4在前面一边走一边想,上哪里去好呢?4先去公园后面的一片小树林,心想这地方准没人。4进去刚几步,看见一棵树下有两个人紧紧抱在一起。4又往里走几步,看见一棵树下两个人在拼命地啃咬。4再往里走几步,看见一棵树下躺着两个人像焊在一起似的。

4钻出小树林,觉得这地方不安全。情人见4出来,也就不再往小树林里钻。

4来到一家小酒店,进去一问没有小房间,要吃饭只能在外面的大厅里。4 还窥见几个熟人。4 出来,一边走一边嘀咕:在外面我还不如回家。4 七拐八绕又找一家饭店,问有没有房间,老板说有,服务员把 4 领进去,房间里没有窗帘不说,门还关不严。

4 从那家饭店出来后,直奔号称红灯区的一条街,想找一家歌厅要一个房间,和情人一边唱歌一边倾诉。4 往后看看,没看见情人的影子,情人跟丢了。不过,4 没慌,心想反正有她的手机,找好地方后打手机叫她过来。

4 来到那条街,发现这儿一派歌舞升平、花天酒地、繁荣昌盛的景象,门前停着一排排的小轿车,每家歌厅人来人往门庭若市,一个个如花似玉袒胸露乳的小姐挤在一起,任人挑任人选。楼上楼下的每一扇窗户往外飘着欢歌笑语。

4 感觉这地方人更多,再上哪里去呢? 4 有点发愁。

找家宾馆,想到这里 4 高兴得差点没跳起来。4 直奔附近的一家宾馆。到服务台订房间,服务员说身份证呢? 4 这才想起来光顾高兴,忘了这事。身份证倒是装在身上,但 4 不想拿出来。怕熟人来订房间时发现,便说不用身份证不行吗? 服务员说不行。4 说多交钱也不行吗? 服务员告诉 4 多交钱也不行。

4 顺着人行道一边走一边骂:找个没人的地方怎么这么难啊! 4 四处张望找他的情人,找了半天也没个人影。情人早就跟丢,也不知道现在在哪里。4 拿出手机给情人打手机,4 问:"你现在在哪里?"情人说:"你现在在哪里?"4 说他所在的位置。情人又问:"找好地方没有?"4 说:"我都快跑断腿,也没有找到一个没人的地方。"

情人问:"那怎么办?"4 稍稍停顿一会儿,咬咬牙说:"我继续找!"

未来时代的爱情

　　M 是地球上最美的女人。无论 M 走到哪里，男人女人的眼球都围着 M 转。N 是地球上最帅的男人。无论 N 走到哪里，女人男人的眼球都围着 N 转。MN 出出进进手挽着手，目不斜视，昂首阔步，旁若无人。几乎所有的男男女女在 MN 面前都自惭形秽，黯然失色。MN 恩恩爱爱，相敬如宾，鉴于对 M、N 虎视眈眈垂涎三尺的大有人在，MN 都发誓谁也不准偷情。N 说："除非有比你还漂亮的，可你是地球上公认的第一美女啊！"M 说："除非有比你更帅的，可你是地球上公认的第一帅哥啊！"MN 说着又是一个热吻。

　　小别胜新婚，这次出差按计划一个月后回来，可 M 想给 N 一个意外的惊喜，所以不到一个月，M 就踏上了归途。走出火车站，已是夜深人静，M 归心似箭，匆匆打的，急急上车，一个劲儿催促司机快开快开。M 无心观赏两旁昏昏欲睡的路灯，两眼紧紧盯着前方，渴望早一点看到家，看到 N。突然，当路过一家宾馆时，M 的眼仿佛被什么东西刺了一下，心倏地缩紧，一个身影进入眼帘，M 以为看错，让司机开慢点，揉揉眼再仔细看一下，千真万确，N 搂抱着一个比 M 年轻的女孩子，已迈进宾馆的大门。

　　M 迫不及待回家的心情一下子荡然无存，甚至有点厌恶昔日那个温馨的家。M 独自一人在一个小公园坐了半宿哭了半宿。太阳老高后，M 才拖着疲惫不堪的身子走进家门。家里空荡荡的,M 心里更是空荡荡的。不知过去多长时间,震耳的关门声把 M 从睡梦中惊醒,N 一进门大概看见 M 的行李,大声惊呼:"你回来啦?"N 的人与声音几乎是同时扑到床上的,迎接 N 的不是甜蜜的微笑,而是一记响亮的耳光。N 捂着脸惊慌地说:"你怎么啦?"M 问:"你昨夜凌晨 1 点 12 分在哪里?"N 说:"在这张床上睡觉啊。"M 说:"谁能证明?"N 说:"我睡觉还要人证明吗?"M 说:"我要是当时拍下你和那个小妖精的照片就好了,想不到你竟然是条披着人皮的狼!"N 又是赌咒发誓又是痛哭流涕。M 只是冷冷地看着 N 超人的表演,这时候 M 突然发现,N 如果去当演员一定能成为明星大腕。MN 固若金汤的爱情从此出现不可缝补、愈合的罅隙。

那天晚上 N 出去喝酒,回来已深夜。进门后,N 气呼呼跑到 M 面前,厉声责问:"你今晚上干什么来?"M 说:"在家看电视。"N 抡圆胳膊狠狠地抽了她一耳光,打得 M 眼冒金星,耳朵轰鸣。这是 N 第一次打她,下手这么狠,差点没把她打昏过去。N 怒吼道:"原来你是倒打一耙啊。你趁我不在家,跑出去跟别人偷情,估摸我几点回来,你早跑回来。要想人不知,除非己莫为,我看不见,别人还看不见吗? 你可能会说别人造谣撒谎,还能几个人同时撒谎吗?"M 说:"不是。我哪里都没去,一直在家里。"无论 M 怎么说 N 就是不信。

那天去一座城市开会,会议之余 M 沿街闲逛,突然在人潮人海中,M 发现丈夫与一个女孩子手拉着手急匆匆走着。M 一面尾随着他们,一面拿出手机拨 N 的手机,想当面戳穿 N 的假面具,再马上宣布离婚。手机响起,奇怪的是接电话的不是前面的丈夫,而是远在几万里之外的丈夫。M 迷惑不解,这是怎么回事呢?

回到家，M把这件事对N说，N说："哪里有这种事，要么是你看花眼，要么那人长得太像我。这回你该相信我了吧。"

　　那天，M正在办公室，电话响起，M刚拿起听筒搁在耳朵上，N说："真是你吗？"M一听就来气说："难道你连你老婆的声音也听不出来？"N说："我分明看见你和一个男人在一起啊，就在离我不远的地方。所以我才半信半疑地给你打这个电话。"

　　M说："你大概喝酒喝昏头。"

　　几天后，N回到家，把几张照片，递到M手里，说："你看看是不是你。"M一张一张看完，呆若木鸡，照片上的人不是M是谁？金发，蓝眼，高个，白肤……连那个迷人的小酒窝都一模一样。

　　N一天回来说："我又发现一个你。"M也忧心忡忡地说："我也又发现一个你。"

　　M万分惊恐，闹不清这到底是怎么回事。

　　一天N回来对M说："随着人类科技水平的不断进步，终于破译人体基因。老的、少的，丑的、俊的……不惜耗巨资一窝蜂似的照我俩的样子克隆。所以大街上的你越来越多，我也越来越多……"

　　只是，M越来越分不清哪个是自己的丈夫，N也越来越分不清哪个是自己的老婆……

所谓爱情

一

"奶奶,我找到了爱情。"

"这是好事啊,孩子。"

"你帮我参谋参谋,奶奶。"

"哎唷,奶奶老了,眼瞎耳聋的,也糊涂了,再说年景也不一样,咋给你参谋啊?"

"奶——奶——我求你。"

"好好,你说说我听听。"

"他长得特别英俊特别潇洒。"

"嗯。"

"和他在一块特别开心。"

"噢。"

"他特别多才多艺,特别风趣幽默。"

"还有呢?"

"他特别特别爱我。"

"这是肯定的,你这么年轻这么漂亮,是这个世界上最最珍贵的无价之宝,没有人不爱,奶奶年轻那时候,也是这样。"

"你说我以后会特别幸福吗? 奶奶。"

"先别问这个,说说你爱他吗?"

"这还用问吗？"

"你爱他爱到什么程度？"

"我爱他走过的每一条路，趟过的每一条河，写下的每一首诗，唱过的每一首歌；我爱他爱得吃不下饭，睡不好觉，看不下书……"

"奶奶年轻那会儿经历过，真是坐卧不宁神魂颠倒死去活来。"

"对对对，奶奶。"

"他有钱吗？"

"现在没有，不过他说以后会发大财，让我成为特别特别富有的女人。"

"远水不解近渴呀，孩子。谁能保证他以后肯定会有钱呢？即使他长得再英俊再潇洒，能当饭吃吗？能当衣穿吗？能当钱花吗？他也不会永远英俊。再说你以后碰上比他还英俊的会不会动心，会不会后悔呢？"

几年后，大孙女哭着说："奶奶我好后悔，我看他一辈子也是一个穷光蛋，除耍耍嘴皮子啥都不会，你看他站在街上卖蔬菜的样子，真丢人。当初要是找一个有钱的，我的命运会是这样吗？"

大孙女又说："这就是所谓的爱情吗？"

二

"奶奶，我也找到了爱情。"

"这是肯定的，孩子。"

"你帮我参谋参谋。"

"只要你不嫌我唠叨，你说吧。"

"他特别特别有钱，他说我爱吃什么给我买什么，爱穿什么给我买什么,要什么给我买什么,爱上哪儿旅游上哪旅游。"

"他又年轻又英俊吗?"

"不,他年龄有点大。"

"噢,我明白了,是位有钱的老翁。"

"也不算太老,他特别特别疼我。"

"你爱他吗?"

"爱,年龄大点有什么关系,真正的爱情不分年龄,不分国籍,不分民族。你看不少大名鼎鼎的明星,不也嫁给年龄悬殊的人吗? 好多古今中外的名人的婚姻,不都相差几十岁吗?"

"不错,是这么回事,并且很多。不过,人家说不定有真正的爱,真心嫁给那个人,而不是嫁给名利。"

"我嫁给他也是真正的爱呀?"

"不,不是。"

"为什么?"

"假如他是个身无分文的穷老头,你还爱他吗? 假如你是又老又丑的老太婆,他还疼你吗?"

"……难道你希望我找一个又丑又穷的人吗?"

几年后,二孙女也哭着说:"奶奶,我真后悔。守着一堆钱有什么用,更让我受不了的是,他几乎完全是一个废人。"

二孙女又说:"这就是所谓的爱情吗?"

三

奶奶说:"所谓的爱情,应该是一个真心爱你,你也真心爱他的人,不在乎对方的丑俊,不在乎对方的穷富,不在乎对方的大小。古今中外最伟大的爱情是无私的而不是自私的,是付出而不是索取。可现实生活中的爱情,往往不谈爱情谈条件,就像做买卖。最看重的是什么户口,什么单位,什么工作,什么文凭,高矮胖瘦,家庭条件……似乎这就是爱情的全部内容。似乎找到这一切就找到称心如意的爱。这样的爱情最终收获的只能是失望和悲剧。"

"太对了奶奶,可这样的爱情上哪里去找呢?"右边的大孙女说。

"万一找不到怎么办?"左边的二孙女说。

"太对了孩子,是太难找……男人感到不如意,可以再换个女人,甚至越换越好,可是女人呢……所以,恋爱几乎可以决定一个女人的一生,恋爱也许是女人幸福的开始,也许是女人幸福的结束。"奶奶眯着昏花的老眼,凝望着模糊的山影喃喃自语。

河里的鱼

妈妈说鱼小时候胆子特别小。

现在想起来,那时鱼胆子确实非常小。直到现在鱼胆子也不大,有时候虽然也叫嚷和人家拼命,其实那也是虚张声势吓唬人家罢了。

在鱼记忆里,小时候一个人从来不敢在家,非得有人陪着才行;跟着大人出门也总是一只小手紧紧抓住大人的衣服,走到哪里跟到哪里,寸步不离,像大人的一条尾巴。

这样大人的一言一行一举一动,射进鱼的眼睛,灌进鱼的耳朵,开始鱼听得津津有味,饶有兴趣。至于大人说的什么话,鱼听不懂，也不去关心，只看到大人们说说笑笑、打打闹闹、神神秘秘、谈笑风生、前仰后合、窃窃私语的样子，很滑稽，很可笑，很开心。鱼感觉好玩极了。有时鱼也禁不住笑出声。大人有时还费解地看鱼一眼。

或许是天天如此让鱼厌烦吧，鱼渐渐开始不感兴趣起来。鱼跟在大人后面无精打采、东张西望、焦躁不安，盼望大人快快离开，该去干啥干啥，别再浪费时间，甚至催促大人："快点走吧！"大人就扭头训斥一句："老老实实地，让大人说句话。"过一会儿大人还在和另一个大人没完没了地说，鱼就又催："快走啊！"大人又扭头瞪一眼："以后别再跟着我出来。"鱼就又老实一会儿，鱼实在闹不明白大人们怎么有那么多说不完的话。鱼发现大人碰见大人总有说不完的话。

有时鱼真不愿意跟着大人，但鱼又很胆小，又不得不形影不离地跟着大人。

鱼慢慢开始听懂大人的话，鱼发现大人们虽然每天都有说不完的话，却都是些废话、假话、空话、套话。见人说人话，见鬼说鬼话，见啥人说啥话，传播流短飞长的小道消息，嘀咕嘀咕谁的绯闻轶事，守着这个诽谤那个，守着那个诽谤这个，无中生有的事编造得有枝有叶，要不就开些低级下流的玩笑……

鱼感觉大人们真是无聊至极，庸俗透顶，鱼心里很厌恶，油然而生一种逆反心理。

多年以后，鱼也长大成人，只是鱼很少说话，总是缄默不语。说什么呢？有什么好说的呢？即使说也是重复上一辈人嚼过的馍，那恰恰令鱼深恶痛绝。鱼有时默默地当一名听众，有时静静地当一名观众，有时悄悄地当一名逃兵。鱼还把一句话当作座右铭：上帝无言，百鬼狰狞。

可是令鱼困惑不解的是，人们送给鱼一顶顶不雅的帽子，有说鱼假正经的、有说鱼孤僻的、有说鱼阴险的、有说鱼虚伪的……

鱼陷入巨大的彷徨、孤独和苦恼的包围之中。鱼陷入人们冷嘲热讽的天罗地网之中。

这样长此以往地下去，鱼要么疯，要么死。

慢慢地，鱼不再沉默寡言，鱼开始张口说话。与谁说？逢人便说，有空就说，没人找人说，没话找话说。说什么呢？只要不是真话不是实话（说了实话误了自家），啥都说，具体说的啥，鱼也不知道，反正滔滔不绝、口若悬河、一泻千里、没完没了，有时甚至自言自语。有人为显示自己的本事，吹嘘自己多么多么了不起，鱼心里明明痛恨这种事，嘴上却说得比人家还了不起。有人吹，占公家或某某人多少多少便宜，鱼明明没有这种恶习，违心地说得比人家有过之而无不及。别人说些很下流的笑话，鱼比别人说得还下流……

鱼的嘴巴终于练出来，终于练得和众人的嘴巴一样，始终处于一张一合一合一张的状态之中。鱼不再孤独、不再寂寞、不再苦闷，找到快乐、找到朋友、找到人群，像一条濒临死亡的鱼儿，突然被人捡起扔进河里，在浑浊的水中开始慢慢地游动……

精神病患者

最近,Q 市一条爆炸性新闻,引起全社会的广泛关注和强烈轰动。各种媒体纷纷派出记者前来采访报道,不料,却都吃到了闭门羹——当事人拒绝采访。

这越发给这件事披上了神秘的色彩,好多报刊拿出大量版面连篇累牍地刊登相关的文章,社会各界人士也纷纷发表自己的观点,其中不乏空穴来风和道听途说,弄得众说纷纭,莫衷一是。

事情经过是这样的,今年高考,Q 市重点中学一位叫贾花的同学,以优异的成绩被全国一所名校录取,令人意想不到的是,这位同学竟宣布拒绝入校……

或许是近水楼台先得月,或许是报社老总神通广大,或许是当事人承受不了舆论的压力,终于同意采访,并指定我们报社为独家专访。老总把这一光荣而艰巨的任务交给我,我欣然受命。

"请问你是贾花同学吗?"

"是的。"

"你为什么辍学不上呢?"

"没意思。"

"为什么?"

"上学是为什么?是为考大学,考大学是为什么?是为找工作,找工作为什么?为挣钱。既然上学最终是为挣钱,那上学还有什么意思？还不如从小就培养孩子怎么赚钱,何必绕那么个大圈子呢？说不好听一点,那与坐台小姐有什么区别呢？还不都是为生存!"

"可是没有文化能赚到钱吗?"

"怎么不能呢？你看生活中的那些富人几个有文化?"

"你不再上学,打算干什么呢?"

"搞发明创造。"

"你不辍学,一直上下去,读完中学,读大学,读完大学,读硕士,读博士……再去搞发明创造不行?"

"那等于把人生的一半全扔给书本,什么都干不出来的。"

"你要发明创造什么呢?"

"我要发明一种食品,吃一块一辈子不饿。"

"你认为这现实吗?"

"怎么不现实,只有想不到没有做不到,以前,谁会想到有飞机、潜艇、宇宙飞船、机器人、电脑、克隆羊……这些不都成为现实?"

我深深为贾花的精神所折服,连夜赶出一篇长篇报道,用整整一个专版登出来。令我万万没有想到,舆论竟是一片哗然。社会各界纷纷指责贾花不务正业,更有甚者还把矛头指向我,批评我误导学生。我承受着种种压力,据理力争,我相信事实胜于雄辩。

几年后,我再去采访贾花,却被告知她已被送进精神病医院。

我找到那家精神病医院,找到贾花,却看到她好好的,不像有病的样子。

我问:"你没有研制出来吗？那也不至于把自己弄成精神

病啊。"

贾花说:"我已经研制出那种食品,我自己都试过,效果很好。我几年前吃下一块到现在还不饿。但没有人肯相信我,不但没人相信我,还都说我有精神病。就把我送到这里。"

我问:"人们为什么不相信?"

贾花说:"不是人们不相信,而是人们太担心。你想想,人类从古至今,说到底就是解决一个吃饭的问题。如果人们不再吃饭,谁还会种地?谁还会生产肥料农药?谁还会制造农机具?谁还会搞餐饮……那么这些人怎么办?会造成多少人失业多少企业倒闭,会引发多少社会性问题!"

我气愤地说:"不行,我要如实报道出去。"

贾花说:"不、不、不。你如果不报道出去,我还能被当做精神病人活着。你要报道出去,我可能连命也保不住。"

我惊讶地问:"为什么?"

贾花说:"我的发明创造一旦生产出来,比核武器还要可怕,我将会是人类的罪魁祸首。我不是造福于人类,而是造祸于人类。我想有人甚至是政府,不会允许我大肆敛财,好多人流落街头。所以我宁愿人们把我当作精神病患者,也不愿把我的发明创造公布于世……因此,我认为,人类应该向原始化发展,而不应该再向现代化发展,应该不断销毁一个个发明创造,而不应该继续发明创造。人类现在好像一群迷途的羔羊,应该往回走,踏上回家的路,而不应该再往前走——前面是万丈深渊!"

我深思一阵子,默默点点头。不过,连我都怀疑。贾花是不是真的是精神病患者。

我们都是傻孩子

有一天,一个人当上爸爸。看着襁褓中的孩子,这个人便感觉自己变成大人。

几年后,孩子像所有的孩子一样,老爱问这问那。在孩子眼中什么都是新奇的、陌生的。

大人像所有的人一样,很喜欢自己的小孩,经常逗小孩玩。大人常常被小孩天真幼稚的样子逗得哈哈大笑,小孩常常被大人滑稽可笑的模样逗得咯咯直乐。

大人经常逗孩子的方式是答非所问。

圆圆的月亮爬上天空,孩子问:"爸爸,那是啥?"

大人说:"那是太阳。"

孩子就斜斜地朝着月亮跑去,一边跑一边还喊:"我要太阳!我要太阳!"

大人追上孩子,抱起来,哈哈大笑,一边笑一边说:"小傻瓜。"

红红的太阳钻出地面,孩子问:"爸爸,那是啥?"

大人说:"那是月亮。"

孩子就歪歪地向太阳跑去,一边跑一边叫:"我要月亮!我要月亮!"

大人追上孩子,抱起来,在孩子娇嫩的脸蛋上亲一口,说:

"小傻瓜。"

以后，有人抱过小孩，指着月亮问："那是啥？"

小孩回答："太阳。"

问的人哈哈大笑："这孩子真逗！"

……

看见鹿，小孩问："那是啥？"

大人回答："马。"

看到马，小孩问："那是啥？"

大人回答："鹿。"

以后，有人指指鹿问："那是啥？"

小孩脱口而出："马。"

还是那人指指马问："那是啥？"

小孩不假思索："鹿。"

问的人笑弯腰："这孩子真幽默。"

……

人家考小孩："啥东西臭？"

小孩说："米。"

问的人很吃惊："为啥？"

"米吃下去很臭。"

人家再考："啥东西香？"

小孩说"屎。"

问的人又一惊："为啥？"

"屎上地种出来的粮食最香。"

问的人连连称赞："神童、神童。"

……

孩子指着图画书上的人问:"那是啥?"

大人说:"那是鬼。"

孩子又指着图画书上的鬼问:"那是啥?"

大人说:"那是人。"

小孩有时调皮,有人吓唬道:"你再调皮,叫鬼来拖你去!"

小孩说:"我才不怕鬼。"

吓唬他的人问:"那你怕啥?"

小孩说:"我怕人。"

听见的人都说:"孩子嘴里说实话。"

……

小孩越长越大。小孩和别的小孩在一块玩时,动不动为一个东西叫啥,发生争执,甚至打架,常常哭着鼻子回家。

大人这时才意识到玩笑不能再开,应该告诉孩子一个真实的世界。不料,无论大人怎么告诉小孩一个真实的世界,小孩却固执地认为大人在骗人,无论大人怎么解释、引导,都无济于事。

更可怕的是,外面谣传他的小孩傻。他感到好笑,心说你们的孩子才傻。

说他孩子傻的人越来越多,最后连他也产生怀疑。他带着孩子去医院诊断,医生诊断的结果也说这孩子傻。他不得不相信自己的孩子傻,带着孩子到处寻医问药。费了九牛二虎之力,也没有治好孩子的病。

由他去吧,大人从此不再管。小孩学习很差,老师也懒得去管,都知道这孩子傻。

令所有人意料不到、大跌眼镜的是,多年以后,孩子竟成为一位著名的超现代派诗人,他的经典之作竟然叫《我们都是傻孩子》。

面具人

你戴着面具究竟生活了多少年,连你自己都记不清。反正之所以平步青云八面玲珑,靠的就是那面坚不可摧漂亮无比的假面具。你戴上后再也没有摘下过,连吃饭、睡觉都未曾摘下。你原本想一直戴进火葬场的,因为谁也不知道哪天离开这个世界。面具好是好,可是它却太重,压得人挺不起腰板;也太厚,捂在脸上,透不过气,更别说呼吸点新鲜空气,成年累月身体能吃得消?面具让你得到名利,却失去健康。

一个被判"死刑"的人,还在乎什么顾虑什么担心什么犹豫什么呢?痛痛快快地活几天吧,真真实实地过几天吧,轻轻松松地玩几天吧,无拘无束自由自在地乐几天吧。

下午,在五楼会议室召开发展新党员的党员大会。以前,你会大讲特讲优点,最后轻描淡写地说两句不痛不痒的缺点,几乎把入党的人吹捧得完美无缺。什么积极要求进步啦,德才兼备啦,谦虚好学啦,作风正派啦,等等。这次你咳嗽一声清清嗓子说:"我认为该同志根本不具备一个党员的标准,不能批准他入党。主要表现在自私自利,阳奉阴违,除了拍马屁投其所好,几乎一无是处。没有远大的革命理想和坚定的革命信念。腐化堕落,享乐主义思想严重。如果发展他入党,那就是损害我们党的形象。"全场目瞪口呆一片哗然。举手表决时,在"同意该同志入党请举手"声中,其他党员高高举起手,唯独你没有举。在"不同意该同志请举手"声中,其他党员没有一人抬起手,只有你高高扬起胳膊。

第三天上午,在八楼会议室考察"一把手"一年来的工作情况。过去,你总是抢着第一个发言,口若悬河滔滔不绝,说得领导毫无瑕疵十全十美,什么政绩突出,业绩显著,大公无私,光明磊落,清正廉洁。这次你呷一口茶说:"我认为他根本不称职,高高在上,不关心群众疾苦;独断专行,打击迫害不与他同流合污的人;玩忽职守,对发生的问题捂着盖着;好大喜功,玩文字游戏数字游戏;任人唯亲,把自己的亲朋好友安排到领导岗位上。尤为严重的是,利用职务之便,大吃大喝,贪污受贿,整天沉醉在声色犬马莺歌燕舞之中……"

回到家中,你没有像原来那样,把茶几、桌面抹得光可鉴人,把地板拖得一尘不染,把家里收拾得井井有条,把饭菜做得香味可口。现在你坐在沙发上吞云吐雾,看电视。妻子回到家一看,自然不高兴,没好气地问:"你今天怎么啦?"你回敬道:"没怎么啊。"妻子杏眼圆睁柳眉倒竖:"没怎么你坐在那里挺什么尸?"你火冒三丈:"这么多年来,你回到家干过什么? 怕做饭烟熏火燎不利于美容,怕洗衣刷碗皮肤粗糙,怕操心受累脸上长皱纹,你说你保养得细皮嫩肉的干什么?"这一下捅了马蜂窝,她声嘶力竭地喊道:"你这个没良心的,你口口声声说多么多么爱我,情愿为我一辈子当牛做马,难道你都忘了?"你哼一声说:"我从来没有真心爱过你,之所以那样,还不是看中你老子的那点权?"

刚吃过晚饭,"叮咚"门铃响,你开门一看,你的一个下属站在门外,满脸堆笑,点头哈腰,手里拎着两瓶好酒,正欲往门内跨。

以前,你总是微笑着往里让,然后沏壶好茶,谈工作,说趣闻,谈动态,谈秘密。这次,你一反常态,说道:"滚,少来这一套,你还不是想利用我,我早看出你的狼子野心。"

那天,你骑着自行车去一个朋友家。进门后,你满脸怒气地说:"把你借我的钱还我,5 年多了,光利息都有几千块,你还想拖到什么时候,是不是不想还? 马上还。"

当你再一次感到身体不适去医院检查时,医生竟然告诉你上次是误诊,根本就不是不治之症,而是一般的小病。你在听到消息的一刹那,没有高兴得一下子跳起来,而是像扎破的车胎,一下子泄了气。你甚至盼望还不如不是误诊,干脆一死了之。

你抱着侥幸的忐忑不安的心情,走出医院,打算去负荆请罪。

不料,单位已将你除名,老婆坚决要求离婚,好友断然与你绝交……整个世界似乎都与你有不共戴天之仇。

你走投无路,不得不逃往另一个新兴的城市,隐姓埋名,重新做人,当然最主要的还是戴上那个面具。

变形人

爸爸妈妈是离婚的。

同学的爸爸妈妈是离婚的。

同事的爸爸妈妈也是离婚的。

原因说起来很复杂,其实很简单,都是因为地位失去平等。

所以,形固执地认为,地位是维系婚姻的基石。形决心不让悲剧在自己身上重演。

因此,形虽然已老大不小,仍然独身一人。不是条件不好,研究生毕业,公认的帅哥,公务员。也不是没人追,向形求爱的女孩排着队,一个比一个漂亮,一个比一个有本事。可越是这样,形越不敢要。形害怕婚姻半途而废。

形倒是越来越想与一个高中的同学结婚。她和形的情况正好相反,在一个发不出工资的单位上班,身材除了有些高以外,一无是处——该肥的地方不肥,该瘦的地方不瘦……

形找个机会向她求爱,差点没把她吓死。她也斜着形,一个劲说别耍着我玩……别开玩笑……别拿我开涮……别笑话我。形只好再三表白,说这是真的,不是骗你,谁骗你谁是小狗,天打五雷轰……

经过形一而再再而三的执着追求,她见形确实真心实意,自然求之不得喜出望外,一头扎进形怀里,再三向形保证白头偕老矢志不渝。

他们就这样结合。形心满意足,她心满意足。当然除他俩之外,全世界的人都感到不可思议。他俩走在街上,没有人认为他们是一对,关键是形太酷,她太丑。

形觉得只要自己不变心,就是全世界最保险的一对。

不知从哪一天起,几乎是一夜之间,电视简直变成美容院。只要一打开电视机,各种美容整形广告铺天盖地迎面而来,五花八门,应有尽有:隆胸、隆下颌,吸肿眼泡、吸下眼袋,文眉、文唇线,厚唇变薄,薄唇变厚,增白、增高,减高、减肥,人造酒窝、人造……

不知不觉,形开始不大敢认自己的老婆——她还是我的老婆吗？你看她,黄头发、柳叶眉、大眼睛、双眼皮、长睫毛、葱管鼻、樱桃嘴、杨柳腰、瓜子脸……真是沉鱼落雁之容,闭月羞花之貌。

用老婆的话来说:"女人可以不吃饭,不能不美容。"

更令人惊愕的是,老婆竟背着形去参加什么选美大赛,并且一举夺魁。

形最担心的事终于发生——从此,老婆再也没回来。形找遍所有的地方,找了很久很久,也没有找到。与此同时,各种媒体竞相报道,又一位超级明星横空出世。又听说超级明星是"人造美女"。

形总是隐隐约约觉得那位娇娇滴滴矫揉造作的大明星就是自己的老婆。

可形没敢去认,一是没有任何证据,二是怕人笑话。

形只有日日夜夜守着电视机,目不转睛地盯着"老婆",默默背诵着老婆那些海枯石烂地老天荒不变心的誓言,等待老婆回心转意的那一天……

谁是你,你是谁

当灵魂离开肉体的一刹那,你悲痛欲绝,虽然你也知道人固有一死,但你还是不愿意死更愿意活着。俗话说好死不如赖活着,再说你还不到死的年龄啊,据说人不是能活 200 岁吗？但很快你又喜出望外起来。不是有句老话吗？人固有一死，或重于泰山或轻于鸿毛，你觉得你死得就重于泰山。因为你在天上发现，你死后，你的名字、照片和死讯赫然印在好几家报刊上。你倍感欣慰。正在你洋洋得意之时，有人看着你的照片自言自语，有人看着你的名字议论纷纷，有人看着你的死讯指手画脚，有人指着你的照片说三道四。你屏气凝神认真地听着，你很想听听你在别人心目中，到底是个什么样的人，这也是你生前特别在乎的事。你生前总是把最美好的一面展示给别人，别人也总是捧得你心花怒放。

"妮子，这不是妮子么！"一个人惊叫道。你记得第一次有人这么叫你时，你没有一点反应，叫的人多了，你才知道妮子就是你，你就是妮子。

"猴子。"有人点着你的遗像说。因为你曾经爱跑爱跳爱爬树，慢慢地，你也由妮子变成猴子。

"卖鸡的死了。"你在那地方卖过鸡，虽然你已办好临时身份证，人们还是习惯叫你卖鸡的。

"这不是万元户吗？"那时候万元户还很少，你成为万元户，认识的人都叫你万元户，万元户成为你的代名词。

"不法商贩，还上报纸？"直到现在，你一听到这个词，还心惊肉跳，你知道你也拿死鸡、病鸡当好鸡卖过，可那是别人都那样做，你被迫无奈才那样做的。别人安然无恙，你莫明其妙地当了替罪羊。

"23 号。"那次你去医院看病，坐在门外的连椅上疼得紧紧闭着眼，直到排在你后面的人推推你，你才知道医生叫的是你。

"这小偷成名人啦。"直到现在你仍很委屈。那时你手里确实攥着一个钱包,可那是你刚从地上捡起来的。没想到你不明不白地成为跳到黄河也洗不清的小偷。

"这回可闭上她的乌鸦嘴了。"涉世不深的你,口无遮拦乱说乱道,人们都叫你乌鸦嘴。

"这只鸡(妓)味道好极了!"一个男人淫笑着对另一个男人说。你痛悔那段耻辱的历史。

"……"一个大腹便便的秃顶老头,拿着报纸,头靠在豪华沙发的后背上,闭上眼睛,像在回味什么。你真不知道应该感激他,还是应该恨他。

"这人不错!"你记得好不容易才调进那个单位不久,这个人就退休。人们一致认为你这人不错。

"这个人很差。"这是你第一次被打倒时,有人暗地里对你的评价。你从所有的目光里,看出人们已达成共识。

"你可是个能人。"你东山再起后,那个第一个看不起你的人,竟然第一个到你面前这么说。你哈哈大笑,只是一句话也没说。

"一个牺牲品。"你又一次跌入谷底时,不少人都这么感叹。

"生活的强者。"你又一次风光时,人们又向你投来刮目相看的目光,甚至阿谀奉承。

"原来是'一江春水向哪流'啊。"你的一个网友啧啧惊叹道。你曾经与几个网友见过面。即使见面时,仍然感觉似乎是在虚拟的世界里。

"白莲。"红娘婚介所的老板嘟噜着说。其实那个名字是假名,办假证的小广告满天飞,想叫啥名叫啥名,想办多少个假身份证,就办多少个假身份证。

"早就该死!"你的一个下属,一边揉着报纸一边咬牙切齿地说。你仿佛从夏天一下子钻进冬天,浑身冰凉冰凉的,他可是你一手提拔起来的副职啊。

"她可是第一号大好人。没有她的资助,我哪能有今天呢?"一个教授对围在他身边的学生们说。

"卑鄙小人,罪有应得。是她灭的我。"你的一个对手恶狠狠地说。

"这残疾人身残志坚!"一位你不认识的市民由衷地感叹。

"噢,这位著名作家死了。"一个戴眼镜的人,放下手里的报纸,敞开书橱找你那部厚重的长篇小说。

……

"唉——"你叹息一声,不想再听下去。你一会儿觉得自己很高尚,一会儿觉得自己很龌龊,一会儿觉得自己很无辜,一会儿觉得自己很无奈,一会儿觉得自己很伟大,一会儿觉得自己很卑微……连你自己都辨不清谁是你,你是谁。

假如还有投胎去人间的机会,又该怎么做呢?你默默地思考着……

全民微阅读系列